おれは一万石

花街の仇討ち

千野隆司

双葉文庫

目次

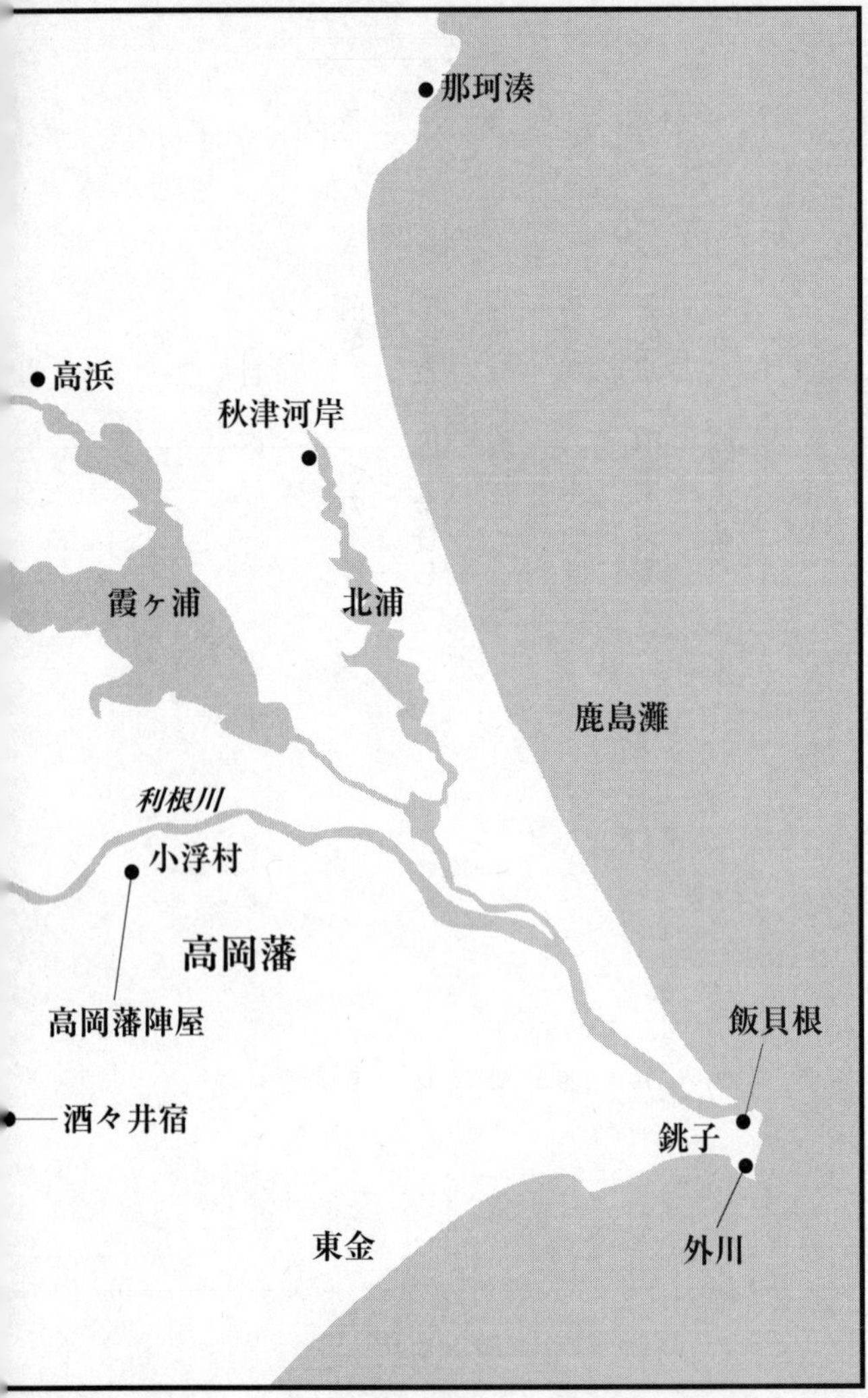
那珂湊
高浜
秋津河岸
霞ヶ浦
北浦
鹿島灘
利根川
小浮村
高岡藩
高岡藩陣屋
飯貝根
酒々井宿
銚子
外川
東金

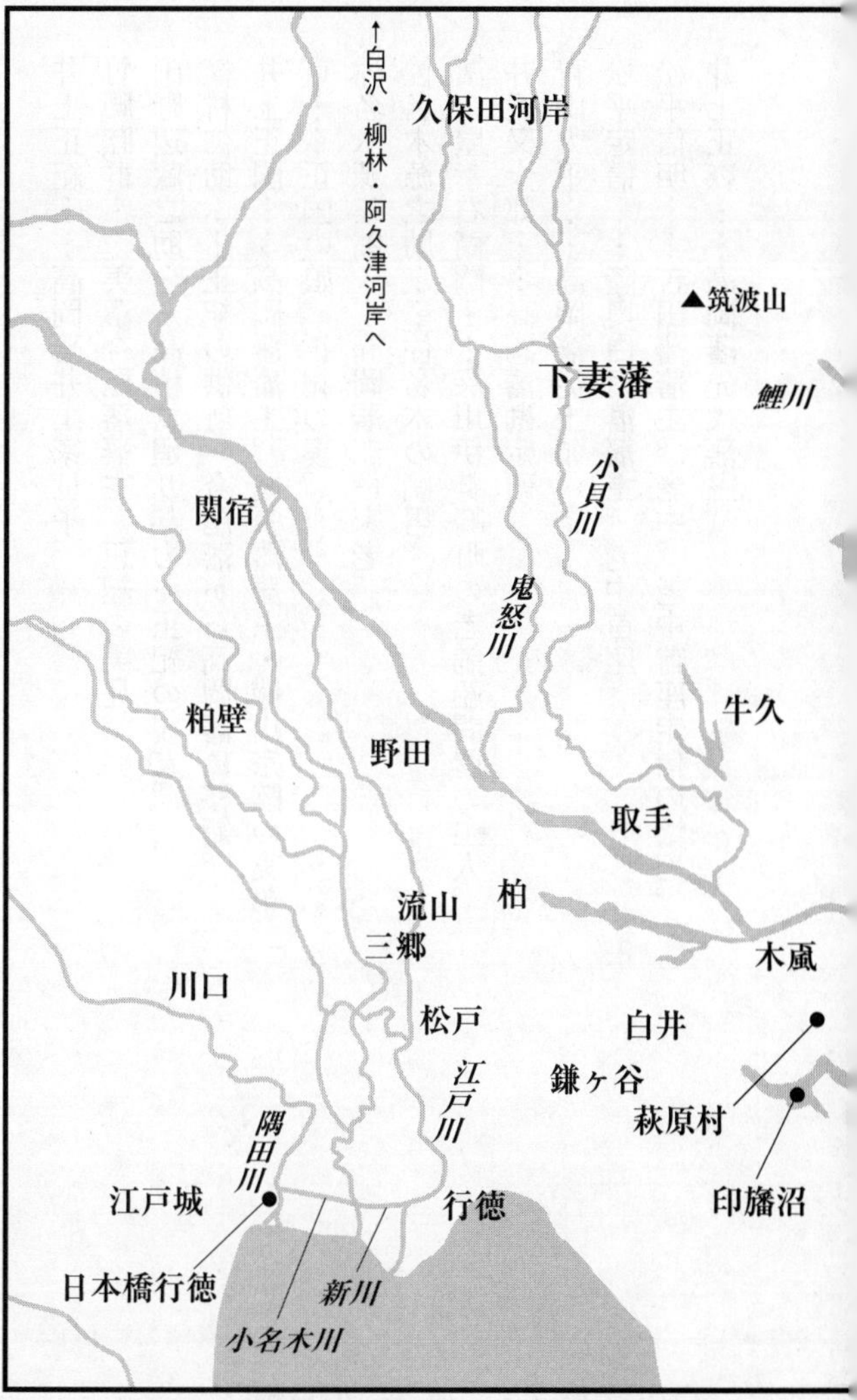
↑白沢・柳林・阿久津河岸へ
久保田河岸
▲筑波山
下妻藩
鯉川
小貝川
関宿
鬼怒川
牛久
粕壁
野田
取手
柏
流山
三郷
木颪
川口
松戸
白井
江戸川
鎌ヶ谷
萩原村
隅田川
江戸城
行徳
印旛沼
日本橋行徳
新川
小名木川

おもな登場人物

井上正紀……高岡藩井上家世子。
竹腰睦群……美濃今尾藩藩主。正紀の実兄。
山野辺蔵之助……高積見廻り与力で正紀の親友。
植村仁助……正紀の供侍。今尾藩から高岡藩に移籍。
井上正国……高岡藩藩主。尾張藩藩主・徳川宗睦の実弟。
京……正国の娘。正紀の妻。
佐名木源三郎……高岡藩江戸家老。
佐名木源之助……佐名木の嫡男。
濱口屋幸右衛門……深川伊勢崎町の老舗船問屋の主人。
井尻又十郎……高岡藩勘定頭。
青山太平……高岡藩徒士頭。
松平定信……陸奥白河藩藩主。老中首座。
松平信明……吉田藩藩主。老中。老中首座定信の懐刀。
井上正森……高岡藩先代藩主。

おれは一万石
花街の仇討ち

前章　二つの事件

一

「それにしても昨夜は、大きな地震でございましたな」

「まことに。夜中は何があっても目が覚めぬのに、飛び起きた」

「この前の野分《のわき》の洪水といい、定信《さだのぶ》様が老中首座になられてから、ろくなことがありませんねえ」

植村仁助《うえむらにすけ》の言葉に、佐名木源之助《さなきげんのすけ》が続けた。

井上正紀《いのうえまさのり》は、その前を歩いていた。外神田《そとかんだ》の表通りで、商家が並んでいる。建物が崩れたところはないが、瓦《かわら》が落ちた建物は、少なからずあった。傾いた屋根の木看板を、小僧たちが直している商家もある。

道端《みちばた》には崩れ落ちた欠け瓦だけでなく、桶や笊《ざる》、枯れ葉や木切れ、布切れといったものが散乱している。倒れたらしい箪笥《たんす》を外に出して、散らかった室内の片付けをしているところもあった。

寛政《かんせい》二年（一七九〇）十一月二十七日の夜、江戸《えど》は大きな地震に見舞われた。下谷広小路《したやひろこうじ》の下総高岡《しもうさたかおか》藩一万石、井上家の上屋敷も激しく揺れた。寝静まっていた屋敷内だが、すべての者が目を覚ました。柱や梁《はり》が軋み音を立てた。驚いた孝《こう》姫は、怯えて泣いた。

母屋やお長屋が崩れることはなかったが、屋根瓦が落ちたところがあった。積んでいた薪《まき》が崩れた。箪笥が倒れ、調度の品が飛んだ。死者はいなかったが、倒れた箪笥の下敷きになったり転がった火鉢に蹴躓《けつまず》いたりして、怪我をした者が何人か出た。

古くなっていた物置小屋が一棟、崩れた。木々が揺れて、ぶつかった枝や葉が落ちた。

夜明けから昼にかけて、藩主の正国《まさくに》と世子《せいし》の正紀は、屋敷内の破損状況を検《あらた》めた。修繕すべき点の指図《さしず》も行った。江戸詰めの藩士たちは、総出で修繕や掃除などにあたる。庭や建物だけではない。室内も倒れた調度の整理があり、転がった火鉢は部屋中に灰をまき散らした。

種火が畳を焦がして、慌てて消した。深夜のことだが、火事になったという話は近隣の屋敷からも聞かない。炊事どきだったら、大火になる虞《おそれ》があった。

正午過ぎ、屋敷内は江戸家老の佐名木源三郎《げんざぶろう》に任せて、正国は行列を拵《こしら》え駕籠《かご》に乗った。正紀らを供にして、尾張徳川《おわりとくがわ》家上屋敷と井上家の本家浜松《はままつ》藩の上屋敷へ地震見舞いに廻るのである。

正国は尾張徳川家八代宗勝《むねかつ》の十男で、現当主宗睦《むねちか》の実弟となる。正国は昨年三月、奏者番《そうじゃばん》を辞して無役になったが、尾張徳川家の血を引く一門の重鎮として、宗睦の相談役としての立場にあった。事があれば、何を置いても顔出しをしなくてはならない。これには正紀も同道する。

正紀は美濃今尾《みのいまお》藩三万石竹腰勝起《たけのこしかつおき》の次男で、井上家に婿に入った。実父勝起はすでに亡くなり、兄の睦群《むつむら》が家督を継いでいる。竹腰家は代々尾張徳川家の付家老《つけがろう》という役目を担《にな》っている。睦群は、その役目を果たしていた。

勝起は徳川宗勝の八男で、正国の兄となる。正紀は叔父の正国の娘京《きょう》と祝言《しゅうげん》を挙げて、井上家に入った。

高岡藩は一万石の小大名ではあるが、二代にわたって尾張徳川家の縁筋から婿に入った。もともと高岡藩井上家は、遠江《とおとうみ》浜松藩六万石井上家の分家だった。井上家一門という立場だが、今は尾張徳川家の一門として見られることが普通となった。とはいえ大きな地震があれば、分家として正国は井上家の本家に顔出しをしないわけにはいかない。それは世子の正紀も同様となる。

市ケ谷《いちがや》の尾張藩上屋敷の門前に立った。壮麗な長屋門は、びくともしていない。宗睦との対面には、正紀も同席した。

「その方《ほう》、体の具合はいかがか」

挨拶《あいさつ》を受けた宗睦は、すぐに正国に問いかけた。声と眼差しに案ずる気配があった。

「上々にございまする」

「無理をするな」

正国の今日の顔色はよくない。それで口にしてきたのだ。尾張藩邸にも、数日顔を出していなかった。

正国は、胃の腑に病を抱えている。今年の秋頃から、様子がおかしくなった。長い間大坂定番《おおさかじょうばん》や加番《かばん》を務め、江戸へ戻るとすぐに将軍に近侍する奏者番という重い役に就いた。

疲れが出たのだろうと藩の侍医《じい》は診ていた。

尾張藩上屋敷には、一門の大名旗本だけでなく、関わりを持ちたい者たちが地震の見舞いにやって来る。たとえ己の屋敷の被害が大きくても、それを置いて顔を見せた。

武家だけではない。出入りの商家も同様だった。

正国が廊下を歩いていると、すれ違う旗本は頭を下げ脇へ寄る。大名も国持ち格以上でなければ、一万石の当主に進路を譲った。取り決めがあるわけではない。正国は、尾張一門の中では高い地位にいる。江戸城内では、そうはならないだろう。

屋敷には半刻（一時間）ほどいて、それから浜松藩上屋敷へ行った。藩主正甫《まさもと》に目通りをした。

「うむ。ご苦労であった」

型通りに挨拶を受けて、二言三言話しただけでお見舞いは済んだ。正紀にとっては、その方が楽だった。

正甫は十三歳で、四年前に家督を継いだ。当初藩の実権は、幼君に代わって当時の江戸家老建部陣内《たてべじんない》が握っていた。三年前に井上一門の菩提寺《ぼだいじ》である丸山浄心寺《まるやまじょうしんじ》本堂の改築の際に、材木仕入れに関わる不正を働き失脚した。

「正甫様は、藩政にはあまり関心をお持ちではない。先の家老建部の甘言《かんげん》に弄《ろう》され、ああなってしまわれた」

正国は、正甫をそう評した。今の江戸家老は浦川文太夫《うらかわぶんだゆう》という三十半ばの者だ。浦川は正紀らと敵対するわけではないが、分家が二代にわたって尾張から当主を得たことを、面白く思っていない。そういう発言を、浜松藩内ではしていると佐名木が聞いてきた。

二家の訪問を終えると、正国は疲れた様子だった。顔色もよくない。正国は、行列と共に高岡藩上屋敷に戻る。正紀は、源之助と植村を伴って、大奥御年寄滝川《おとしよりたきがわ》の拝領町屋敷の様子を確認しに行く。

汐留《しおどめ》川河岸《かし》にある滝川の拝領町屋敷の管理は、高岡藩が行っていた。管理料として年に四十両を得る。これは大きな実入りだった。地震で何か起こっていたら、すぐに対処をしなくてはならなかった。

先代の頃から高岡藩の財政は、逼迫《ひっぱく》していた。そして天明《てんめい》の飢饉《ききん》を経《へ》て、さらにその度合いが酷くなった。正紀が婿に入ったときには、利根《とね》川の堤を守るための二千本の杭を購《あがな》う費用さえなかった。

「年貢だけに頼っていては、埒《らち》が明かない」

正紀はまず、領地が利根川に接していることを利用して、高岡河岸の活性化を図った。藩自前の納屋《なや》も建て、利根川の物資輸送の中継点として、活路を見出したのである。それだけでは足りず、銚子《ちょうし》の鰯《いわし》の〆粕《しめかす》を仕入れる手立てを調えて、利益を得られる段取りを拵えた。

充分とはいえないが、それでどうにか藩の財政が立ちゆくようになった。

滝川の拝領町屋敷は、芝二葉町《しばふたばちょう》にある。ご府内で荷運びをする船問屋濱口《はまぐち》屋の分家に貸していた。

店の前にある船着場には、荷船が停まっている。本家は深川《ふかがわ》にあって、利根川やその支流といった遠方の川へ荷を運んでいた。

「建物がしっかりしていましたので、瓦も落ちずに済みました」

主人の幸次郎《こうじろう》が、正紀の問いかけに答えた。

「まずは一安心でございますね」

「屋根瓦が落ちた家は、少なからずあります」

植村は源之助の言葉に頷《うなず》いてから応じた。あたりを見回している。源之助は江戸家老佐名木源三郎の倅《せがれ》で、跡取りだ。植村は元は今尾藩士だったが、正紀について高岡藩士となった。

滝川の拝領町屋敷の様子を確かめて、今日の用事は済んだ。そこでしばらく、江戸の町の地震直後の模様を見て歩くことにした。

「おお、これは」

裏通りへ入ったところで、源之助が声を上げた。小さな家が並んでいる一画だ。古家が一軒、すっかり崩れて瓦礫《がれき》の山となっていた。傾いた家もあった。もはや住めそうもない。

「表通りと違って、安普請《やすぶしん》だからな」

植村が続けた。四、五人の男たちが、片付けをしている。どちらもそのままにはしておけない。

「まだ使える古材はありそうだぞ」

正紀は、作業の様子に目をやりながら言った。端材《はざい》をどかして、丸太を取り出そうとしているが、うまくいかない。

「ああ」

丸太を持ち上げようとして、手が滑ったのか足が端材との間に挟まって抜け出せなくなった若い職人ふうがいた。

繰り返しもがいたが、どうにもならない。

近くにいた何人かが集まって持ち上げようとしたが、丸太はぴくりともしなかった。

「力を貸してやりましょう」

植村が近づいた。植村は、剣術は駄目だが巨漢で膂力《りよりよく》だけはあった。

「うっ」

丸太の先を、肩に置いて力を入れた。他の者も手伝った。丸太は四寸（約十二センチ）ほど持ち上がった。植村の顔は、真っ赤だ。

その隙に、源之助が職人ふうを引きずり出した。

「助かりました」

居合わせた者たちは、頭を下げた。

「いやいや」

まんざらでもない顔で、植村は応じた。

さらに歩いて行く。表通りはすでに何事もなかったようだが、裏通りへ行くと地震の爪痕《つめあと》は残っていた。長屋の一部が崩れたなどは、珍しくない。

とはいえ、死人が出たとか火事になったという話は聞かなかった。

そして三人は、両国《りょうごく》広小路に出た。何事もなかったように屋台店や見世物小屋が出ていて、少なくない人の姿があった。蒸した饅頭《まんじゅう》を商う露店からは、甘いにおいが漂ってきている。

「おや」

正紀は、人ごみの中で一人の侍に目を留めた。歳は五十歳前後で、月代《さかやき》は伸び放題。

気にする
垢じみた着物の袂《たもと》は糸がほつれ、汚れた袴《はかま》の裾は擦り切れていた。それを気にする気配は微塵《みじん》もなく、憎しみに満ちた顔を歪ませ、目を光らせて何かを見ている。

異様さを感じて、正紀は目が離せなくなった。

薄汚れた侍は一つ大きく頷くと、腹を決めたように六十歳前後とおぼしい老侍に駆け寄った。二間（約三・六メートル）ほどの距離で立ち止まり、声を張り上げた。腰の刀に手を添えている。

「その方《ほう》は、元下総高岡藩士の武藤兵右衛門《むとうひょうえもん》であろう」

呼ばれた老侍は、何事だという顔をしていた。声をかけた方の侍は、さらに続けた。

「拙者は、その方に斬られた高岡藩士高坂太兵衛《こうさかたへえ》の弟市之助《いちのすけ》である。ここで会ったが百年目、尋常に勝負をいたせ」

仇討《あだう》ちの名乗りだが、耳にした正紀は仰天した。横にいた源之助は、「ええっ」と声を漏らした。「下総高岡藩」という言葉が耳に入ったからだ。

植村も、薄汚れた侍に驚きの目を向けている。藩内で、仇討ちの話など聞いたことがなかった。

「仇討ちだと」

呼ばれた侍も魂消《たまげ》た様子だった。たちまち人だかりができた。

「高岡藩など、覚えがない」

「とぼけるな。蔵奉行であったその方は不正を働き、咎《とが》めた兄太兵衛を斬殺した。知らぬとは言わせぬ」

「いや、存ぜぬ」

落ち着いた声だった。

「その方、今しがた武藤殿と呼びかけられていたではないか。しかと聞いたぞ」

「いかにも。それがしは武藤だが、名は紋右衛門《もんえもん》だ。三河岡崎《みかわおかざき》藩本多《ほんだ》家の家臣《かしん》である」

「謀《たばか》るな。その方の歳も、兵右衛門と重なる。顔もそのままだ」

高坂と名乗った侍は、逆上している。やっと巡り会えた仇《かたき》だと思うからだろう。

「待て、これを見よ」

岡崎藩士だと名乗った武藤は、腰に下げていた印籠《いんろう》を引き抜いて前にかざした。下り藤の家紋が記されている。

「武藤家の家紋は、上り藤でござった」

高坂は、わずかに気勢をそがれた様子になった。しかしそれで、別人と認めたわけではなさそうだった。憎悪の眼差しは変わらない。

「それ見よ。違うではないか」

武藤は、そのまま行ってしまおうとした。かまってはいられないといったところだろう。

「待て」

高坂は甲高《かんだか》い声を上げた。刀の鯉口《こいぐち》を切っている。

「殺害があったのは、いつか」

仕方がないといった顔で、武藤は問いかけた。

「三十年前のことでござる」

「ならば顔も変わるぞ」

「いや、確かだ。旅の日々、頭に描いてきた顔だ」

引く気持ちはないと伝えている。

「そこもとは、仇を三十年も捜し歩いていたわけか」

老侍は、高坂の姿を値踏みするように見てから、憐れむような口調で返した。

「そうだ」

「武藤なる仇の体に、それと分かる傷や黒子《ほくろ》などはないのか」

「それはある。肩から背中にかけて、幼少の折に疱瘡《ほうそう》を患《わずら》った瘢痕《きずあと》があるはずだ」

「ならば見よ」

老侍は、もろ肌脱ぎになって見せた。

「どうだ」

日焼けした鍛えた背中だ。しかし疱瘡の瘢痕などどこにもなかった。

「ううっ」

目を凝《こ》らした高坂だが、こうなると仇ではないと認めざるをえない。体を震わせた。

愕然《がくぜん》とした表情を浮かべて、地べたに両膝《りょうひざ》をついた。

「では」

衣服を直した老侍は、立ち去った。

体を震わせたまま、高坂は縋《すが》るような眼差しを老侍の背中に向けたが、もう声をかけることはなかった。

「そこもとの兄は、高岡藩士であったのか」

正紀は、傍まで行って問いかけた。

「いかにも」

高坂は震える声で答えた。正紀は源之助に熱い甘酒を買って来させ、高坂に勧めた。

「三十年前の出来事について、聞かせてもらえぬか」

まことに高岡藩のことならば、訊いておかなくてはならなかった。

「それは、かまいませぬが」

甘酒を飲ませると、だいぶ気持ちが落ち着いたようだ。やや考える様子を見せてから、高坂は口を開いた。

「高岡藩では、蔵奉行は検見《けみ》と徴収に関わる役目を担い申した」

分かっていることだが、こちらは名や身分を伝えていない。頷いただけで、次の言葉を待った。

「武藤は、藩の飛び地六村の年貢米の検見について、実高《じつだか》よりも低めに届け、差し引き分を売って私腹を肥やしておりました」

高岡藩には数か所の飛び地がある。代官所を置かない村もあった。

「これを察した勘定方下役だった兄の太兵衛は、百姓代の手にあった村の実際の出来高を記した記録をもとにして、勘定方に出された検見の綴《つづ》りを虚偽と見破り、不正を明らかにいたしました」

太兵衛は、証拠の書類と共に上司である勘定奉行に訴えを行った。念のため、同じ文書を江戸にいる当時の藩主である正森《まさもり》にも送った。

訴えた太兵衛は沙汰《さた》を待ったが、当時の勘定奉行関口半三郎《せきぐちはんざぶろう》は武藤から賂《まいない》を得ていた。訴えを根拠のないこととして握り潰した。そして用心深い武藤は、自分を訴えた高坂を暗殺しようとした。

「そのままにすれば、再び騒ぎ立てられると踏んだのでございましょう」

夜陰に紛れて襲いかかり太兵衛を斬殺したが、その場面を目撃した藩士二名がいた。その藩士たちは、武藤の専横《せんおう》を苦々しく思っていたので、事を公にした。

武藤は、家の者たちを置いて逐電《ちくでん》した。

そこで不正について、再度調べられた。行ったのは勘定奉行ではなく、中老河島弥惣兵衛《かわしまやそべえ》だった。今の国許《くにもと》の中老河島一郎太《いちろうた》の父である。河島弥惣兵衛も勘定奉行の関口半三郎もすでに亡くなっていた。

「不正は、明らかになったのだな」

「さようで」

武藤家は断絶、関口半三郎は禄半減の上、役を召し上げられた。命じたのは、ときの藩主正森だった。

高坂太兵衛は殺害された。武家としては、仇討ちをしなくてはならなかった。三つ下の弟市之助が、仇討ちの旅に出たのであった。

太兵衛の妻女は、二歳と生まれたばかりの幼子を抱えていた。旅には出られない。

「なるほど。武藤は憎いな」

「いかにも」

高坂は唇を噛んだ。高坂が嘘《うそ》を言っているとは思えないが、三十年前も前の話である。記憶違いもあるかもしれない。

「江戸へ出たのは、何か手掛かりがあったからか」

「いえ、もはや手掛かりなど。ただこの地には、たくさんの人が集まっております」

とりあえず住まいを訊いた。

「本所緑町《ほんじょみどりちょう》の、網七店《あみしちだな》という裏長屋でござる」

今日のところは五匁銀一枚を与えて、正紀は高坂と別れた。

二

地震のあった翌日、北町奉行所の高積《たかづみ》見廻り与力の山野辺蔵之助《やまのべくらのすけ》は、浜町《はまちょう》河岸界隈を検めながら歩いていた。

倒れた箪笥などを整理するために、とりあえず置いたような荷には目をつぶる。瓦礫の山も、簡単にはどかせられない。

見るだけでは分からないこともあるので、自身番《じしんばん》で書役《かきやく》や大家からそれぞれの状況や事情を聞いた。死者こそ出ていないが、倒壊した建物の下敷きになって大怪我をした者や、住まいを失った者がいるという話を聞いた。家が崩れたが、修繕の銭がない者も少なくないという。

「師走《しわす》を前にして、辛いな」

「まったくでございます。掛け取りも来ますから、たまりません」

裏通りの住人は、かつがつ暮らしている。ゆとりを持って暮らしている者ばかりではないだろう。

浜町河岸は、南に向かって歩くと途中から武家地となる。武家屋敷も地震の被害はまったくないとは思えないが、山野辺の役目には関わりのないことだ。

「はて」

引き返そうと考えたとき、気を引かれる人の姿を目にした。男と女の三人連れだ。

そのうち一人は娘で、十七、八の年頃と見えた。俯《うつむ》き加減で、表情は暗い。一つ二つ咳をした。

男二人は、深編笠の主持《しゅうも》ちとおぼしい侍と、五十年配の町人だった。組み合わせに、不審を感じて、山野辺は注意して目をやった。

三人は、河岸場《かしば》の道から船着場へ下りて行く。歩みが遅れがちな娘の背中を、町人は邪険《じゃけん》に押した。町人には荒《すさ》んだ気配があって、堅気には見えなかった。

河岸道から船着場を見下ろすと、小舟が一艘待っていた。三人はそれに乗るところらしかった。

そのとき、乱れた足音が響いた。若い侍が、河岸道から船着場へ駆け下りて行く。若侍は何か叫んで、腰の刀を抜いた。

何を言ったか、山野辺には聞き取れなかった。

すると深編笠の侍が前に出て、刀を抜いた。直後、刀身がぶつかり合う金属音があたりに響いた。

「あっ」

娘がそこで悲鳴を上げた。若侍を知っているらしい。前に出ようとしたところで、町人がその体を押さえつけた。そのまま、舟に乗せようとしていた。

若い侍は再び何か叫びながら、刀を振るう。必死の形相だ。気合も入っていた。初め深編笠の侍は、防戦一方だった。深編笠が、飛ばされた。顔が見えた。三十代半ばの、精悍な面持《おもも》ちの者だ。

三度目までは、若侍の打ち込みに勢いがあった。いずれも躱《かわ》されたが、侍は反撃できなかった。しかし四度目の攻撃で刀身が払われると、若侍の体勢が崩れた。攻めたいという気持ちばかりが先に立って、足の運びに無理が出ていた。

「やっ」

それまで避けるだけだった侍が、切っ先を突き出しながら前に出た。

慌てた若侍はこれを払ったが、休まず突き出された一撃は凌ぐことができなかった。左の二の腕を、ざっくりやられた。

鮮血が飛んだのに、山野辺は気づいた。

攻めはそれで止まらない。攻守は逆転した。もともと腕の差は、はっきりしていた。攻める方は、容赦をしない。斬り捨てるつもりだと窺えた。

武家同士のやり取りだから、町方として、本音をいえば関わりたくない。しかしこのままいけば、若侍は間違いなく斬殺される。

「待たれよ」

山野辺は声を上げて、河岸道から船着場へ駆け下りた。

襲ったのは若侍の方だ。返り討ちに遭っても文句は言えない。ただ若侍は必死で、相手の腕が上だと分かっていても引くことを考えていないようだった。

襲われた方の侍は、ふらつき始めている若侍に止《とど》めを刺そうとしていた。しかし山野辺の声で、侍はそのまま小舟に乗り込んだ。

手早く艫綱《ともづな》が外され、舟は船着場から滑り出た。

「しっかりしろ」

山野辺は、舟を追わない。ぐらついた若侍の腰に手をやり支えた。二の腕の傷が深いらしく、袂を濡らしている。血のにおいが鼻を衝《つ》いた。手拭いで止血をした。

それから近くの医者へ連れて行った。

「これは酷い」

医者は傷口を消毒してから縫った。山野辺は、呻《うめ》き声を上げる若侍の体を押さえつけた。

手当てを済ませた上で、山野辺は若侍に問いかけた。若侍は無役御家人大志田《おおしだ》三左衛門《さんざえもん》の三男大志田参之助《さんのすけ》と名乗った。歳は十九で、部屋住《へやず》みだ。

「何があったのか。話していただこう」

山野辺は告げたが、参之助は目をそらした。命の恩人に話せぬことはなかろうと、ここだけの話にすることにして、口を割らせた。

「それがしは、千寿《ちず》殿を奪い返そうといたしました」

「あの娘だな。攫《さら》われたのか」

「いや、それは」

口ごもった。順を追って話すようにと伝えた。

娘は無役御家人馬橋《まはし》正兵衛《しょうべえ》の次女千寿で十八歳、町人は女衒《ぜげん》の俣蔵《またぞう》で、侍は旗本北澤大膳《きたざわだいぜん》の用人衣山令助《きぬやまれいすけ》だと言った。

北澤は家禄九百石の旗本で、直参相手に金貸しをしていた。馬橋家では北澤から金を借りたが返すことができず、御家人株を手放すか娘を売るかの判断を迫られていた。

「返済期限が、来たわけですな」

馬橋は御家を守るために、娘を手放したことになる。だとしたら、娘を連れ出すのは、不法ではない。

「馬橋家には、娘ごはお一人か」

「いえ、一つ違いの姉琴絵《ことえ》殿がおります」

跡取りには、二十一歳になる松之丞《まつのじょう》という者がいるそうな。馬橋家と大志田家の屋敷は、浜町堀《はまちょうぼり》と大川《おおかわ》の間に広がる武家地内にある。前からの知り合いらしい。

「貴公と千寿殿は、相惚《あいぼ》れだったわけか」

「まあ」

参之助は、不貞腐《ふてくさ》れたような顔になって頷いた。

「命懸けで、奪おうとしたわけだな」

「…………」

証文があってのことならば、女衒が娘を連れて行くことは御法に適《かな》っている。それに対して刃をかざしたとなれば、処罰されるべきは参之助の方だった。

ただそれでも、山野辺は捕らえる気持ちにはならなかった。

「奪い返せなかったのは、無念です」

項垂《うなだ》れた。悔しさが伝わってきた。

「なぜ旗本の用人が、いたのであろうか」

腑に落ちないので訊いた。

「あれは、用心棒代わりです」

「旗本の家臣が、用心棒代わりだと」

「あやつは、悪党でござる」

参之助は、悔し気に歯を食いしばった。

「それでこれからどうなさる」

「どうするといっても、どこへ連れて行かれたかも分からず」

目に涙を溜めた。体が強張《こわば》って、それから背筋を震わせた。居場所が分かるならば、これからでも奪い返しに行きたいと考えているらしかった。

不法なことだが、それは頭にないらしい。

「ううっ」

参之助は体を動かして顔を歪めた。左の二の腕の傷は深手だ。額に脂汗をかいている。

「屋敷に戻るがよかろう」

「いや、もう戻れませぬ」

親には久離《きゆうり》を願う文を残して、屋敷を出てきたのだとか。

「覚悟を決めて、襲ったわけか」

「はい」

「首尾よく奪えたら、江戸から逃げ出すつもりだったのか」

参之助は返事をしなかった。推察が当たったようだ。

二人に失うものはない。馬橋家には、借用証文が返されたはずだ。参之助には戻る家はない。

「お世話になり申した。それがしはこれで」

立ち上がった。

「行くところがあるのか」

「何とかなりまする」

言った後で腕を動かした参之助は、「うっ」と声を漏らし顔を歪めた。激痛に襲われたようだ。

「ならば我が屋敷に来られぬか。寝るところぐらいはござるぞ」

このまま突き放してもいいが、気になった。すでに夕暮れどきになっている。

「傷が癒《い》えるまで、よいではないか」

激情が治まれば、考えも変わるのではないか。やろうとしていることは、どこから見ても無茶だ。

「かたじけない」

山野辺の厚意は分かるらしかった。参之助は渋々頷いた。八丁堀《はっちょうぼり》の屋敷へ連れて行った。

翌朝、参之助は山野辺の屋敷にはいなかった。片腕は使えないはずだが、寝床はきちんと畳まれていた。

第一章　仇と金貸し

一

高岡藩上屋敷に戻った正紀は、江戸家老の佐名木源三郎と勘定頭《かんじようがしら》の井尻又十郎《いじりまたじゆうろう》に、両国広小路で高坂市之助と出会った顚末《てんまつ》を話した。

話を聞き終えた二人も、初めは夢物語を聞くような顔をした。

「そういえば、聞いたような気がします」

「しかし三十年も前の話ですからな」

五十一歳の佐名木と五十歳の井尻は、顔を見合わせた。どちらも江戸詰めで、まだ家督を継ぐ前の出来事だった。

武藤の不正は、検見と徴税には念を入れて対応するという教訓として藩内で伝えられていた。しかし詳細は知られていない。

佐名木は目端の利く重臣で、正紀の後ろ盾になっている。井尻は小心者で石橋を叩いて渡る質《たち》だが、勘定に関しては誠実で緻密な対応をした。どちらも高岡藩の江戸藩邸を支えている。

「ちと調べてみましょう」

佐名木が、文書庫から三十年前の記録を持ち出して来た。宝暦《ほうれき》十年（一七六〇）の部分を開いた。

「九月分に、記述がありますな。年貢徴収に関わる項目です」

読むと、高坂市之助の話と重なった。武藤兵右衛門は、五年前から不正を行っていた。断絶となった武藤の妻子は、領地から出て行った。

高坂市之助は仇討ちの旅に出たが、藩でも追っ手を出した。杉田給三郎《すぎたきゅうざぶろう》という当時三十四歳の藩士で、高坂と共に旅に出た。杉田は、七年後旅の途中で亡くなったと付箋《ふせん》がついていた。

その後の高坂市之助に関する記述はない。

記述にあること以外は、分からない。当寺江戸家老だった佐名木の父や、勘定方だった井尻の父も亡くなっている。

「宝暦十年十二月には、先代正森様が当代正国様に家督を譲られた。秋の出来事ならばご在任中の出来事となる」

　正紀は思いついて口にした。

「正森様は、詳しいことなどご存じなかったでしょう。あの方は、藩の政には気持ちをお向けになりませぬゆえ」

　井尻は、正森をよく言わない。銚子で鰯を使った〆粕で利を得ながら、藩には助力をせず勝手な真似をしていたと考えている。

　正森が隠居をしたのは五十一歳のときだ。藩主の座を退く年齢としては早いとはいえないが、正森は壮健だった。にもかかわらずさっさと隠居をし、公儀には病を理由に国許高岡に住むと届けていた。

　けれども実際は、高岡になどいないで、八十一歳になる今も江戸と銚子を行き来して、〆粕商いで利を得ていた。両方の土地に、正森の身の回りの世話をする一回り以上若い女子《おなご》を置いてのことである。

　天明の飢饉の折、藩では一両の金子にも苦慮をしたが、知らぬふりだった。

　今年の春から夏にかけて、〆粕売買で悶着《もんちやく》があったとき、正紀や源之助らが助力をした。それを機に、高岡藩に販売をさせる機会を寄こしたが、それでこれまであったわだかまりが解けたわけではなかった。

「しかし正森様は、仇討ちの許し状をお出しになっている」

「でもきっと、もう覚えてらっしゃいませんよ」

佐名木の言葉に、井尻は続けた。

仇討ちをするには、藩主の許し状がなくてはならなかった。これがなければ、仇の相手を討ち取っても私憤《しふん》を晴らしたことにしかならない。許し状がある者に限って、元の家禄と身分で、藩に戻ることができた。

「たとえ三十年経っていようと、武藤を討てば、高坂殿の帰参は叶うわけですな」

井尻はため息とともに言葉を発した。三十年という歳月はとてつもなく長い。

「もちろんだ」

「討たせてやりたいが」

佐名木と正紀が応じた。

「仇を捜すのは、難しいでしょうな」

「三十年経てば、顔つきも変わるだろうからな」

佐名木と正紀も、ため息をついた。

それから正紀は、正国の部屋へ行った。

「お体の具合は、いかがでございましょうか」

尾張藩と浜松藩の屋敷を廻った後、顔色がよくなかった。その後どうなったのかと気になっていた。

「大事ない。案ずるな」

正国は返した。屋敷で休んだからか、顔色は悪くなかった。正国の不調は、常のことではない。けれども一度胃痛が起こると、三、四日不調が続く。食も半年前と比べて細くなった。

徐々に痩せてきているのは確かだ。

正室の和《かず》や京も案じている。

正紀は被災した町の様子を伝えた上で、高坂市之助と出会ったことを話した。

「高坂とな」

すぐには思い出せなかった。数呼吸する間考えて、「ああ」と漏らした。

「思い出したぞ。家督を継ぐ前の話だな」

正国は江戸にいたので、武藤の不正についても、仇討ちの処置についても、直接には関わっていなかった。

「あのときは、正森様も江戸においでてな。すべてのご処置をなされた」

「武藤家の断絶は当然でございますが、勘定奉行だった関口半三郎がお役召し上げの上家禄半減というのは、ちと厳しい処分ではないかとの声もあったとか」

これは井尻が口にしたことだ。

「正森様は、どのようなお気持ちだったのでしょうか」

知っているならば、聞いておきたかった。処分に関わってはいなくても、その件に関して話ぐらいはしただろう。

「仇討ちもあるが、何よりもご立腹になったのは、武藤の検見にまつわる不正であろう。それに目こぼしをした関口も、許せない」

「高坂太兵衛は、江戸にも不正の訴えをしていたと聞きます」

「うむ。大殿様は、その調べを関口に任せた。もちろん、賂を得ていることなどご存じなかったのであろうが」

そういう経緯があった上での、武藤による高坂太兵衛襲撃だった。最初の段階で正しい処置ができていれば、仇討ち騒ぎにはならなかった。

「ただ大殿様が、その折どのような思いであったかは分からぬな。わしには何も話されなかった」

正国は、どこか冷めた口調だった。

表向きは何もなかったが、正国と正森とは、親しい間柄ではなかった。正森は、尾張出身の正国や正紀を嫌っていた。

夜になって、正紀は京の部屋へ行った。正国と和の間に生まれた二つ年上の正室である。祝言を挙げる前から、どこか高飛車な物言いをした。当初はそれが不満だったが、いつの間にか慣れた。

高飛車でも、正紀の話は丁寧に聞く。的確な返答だけでなく、思いもよらない妙案を口にすることもあるので、今では意見を聞きたいと考えるようになった。話をすることで気持ちが整理できてだいぶ落ち着く。

二人の間には、三歳になる孝姫がいた。正紀の顔が分かって、「とう」と呼ぶ。部屋へ入ると、抱けと両手を差し出す。

「よしよし」

ふわっと軽い体だ。涎《よだれ》だらけの顔を押し付けてくる。降ろそうとすると、「いやいや」をした。

「近頃、覚えました」

京が、母の顔で言った。しばらく孝姫に付き合ってやる。

気が済んだところで侍女に預け、京には地震後の町の様子を伝えた。そして高坂と会ったことも話した。

「当家に、そのような騒動があったのでございますか」

京も初耳だったようだ。

「十八歳から四十八歳になるまで諸国を旅し、仇を捜したわけですね」

「いまだに見つからない。糸口さえないようだ」

両国広小路で斬りかかろうとした相手は、武藤という苗字《みょうじ》だと知った。年頃も重なった。慌てた気持ちは、分からなくはない。

「焦りもあって、顔も似ていると感じたのでございましょう」

「憐れだな」

「もし武藤兵右衛門が亡くなっていたら、無駄な人捜しを、生きている限り続けるわけですね」

京が、思いついたように言った。

「そうだな」

何とかしてやりたいが、正紀がどうこうできるものではなかった。

「せめて生死が分かる手立ては、ないのでしょうか」

手立てがあるなら、力になってやりたい。ともあれ当時の詳しい事情を知るために、国許の河島一郎太に文を出すことにした。

父親の弥惣兵衛が何か話していなかったか、私的な文書を残していなかったか、知りたいとしたためたのである。

二

山野辺は、八丁堀の屋敷から姿を消した大志田参之助のことが気になっていた。二の腕の刀傷は深手で、継続した治療が必要だ。医者から受け取った塗り薬と晒《さらし》は持って出て行ったが、それだけでは心もとない。

「あやつ、どれほどの金子を持っているのか」

屋敷を飛び出してきたわけだが、充分な額を持っているとは思えなかった。

とはいえ、どこに行ったか見当もつかない上に、昨日初めて会ったばかりの者だ。知人を頼ろうが野垂れ死にをしようが、放っておけばいいはずである。しかも買い取られた娘を、不法を承知で命を懸けて奪い返そうとした。

「身の程を知らぬやつだ」

と罵《ののし》ってみるが、どうでもいい気持ちにはならなかった。町奉行所与力として、罪を犯させてはならないというような正義感ではない。やるならばやればいい。ただしくじるな、と尻を叩きたい思いだった。

親に久離を申し出ての動きだ。金もなく、優れた剣技を身につけているわけではない。ただ捨て身で御法に反することをなそうとしていた。町方の与力をしていると、卑怯な者、狡猾《こうかつ》な者とはいくらでも出会う。無法を、悪知恵や力でなそうとする者たちだ。だが参之助は、それとは違う。

深手を負いながら屋敷を飛び出した。思慮が浅くて危なっかしい。ただ一途だ。放っておけない、出来の悪い従弟《いとこ》といった感じだった。

その日の町廻りを終えてから、山野辺は浜町河岸に近い大志田の屋敷へ行った。帰っているならば、それでいいと思った。

「ここがそうか」

屋敷の前に立つと、嘆息が漏れた。手入れの行き届かない古い屋敷だ。地震のせいかどうか、粗末な木戸門は傾いたまま修繕されていなかった。屋根は藁葺《わらぶ》きで、一部が崩れている。

この家の三男坊ならば、二十歳《はたち》近くにもなれば居辛かろうと察せられた。

「お尋ねいたしたい」

近くを通りかかった隠居ふうの侍に問いかけた。手早く小銭を、袂に落とした。町人相手ならば、たとえ大店《おおだな》の主人にでもそのような真似はしないが、武家地では十手は何の役にも立たない。

「家禄は九十俵、無役の家だ」

老侍はあっさり答えた。跡取りは満之助《みつのすけ》で二十五歳、三男の参之助は十九歳だが、婿の話は、聞かないとか。

山野辺は大志田家の玄関前に立って、訪《おとな》いを入れた。対応したのは、長兄の満之助だった。参之助は、帰っていなかった。

満之助は初め、町方の山野辺を警戒した様子だった。けれども昨日の出来事を伝えると態度を変えた。

「手当てをしていただけたのは、かたじけない」

頭を下げたが、大きな驚きは見せなかった。どこかで覚悟をしていた気配があった。

「久離を願う文を残して、一昨日《おととい》に家を出ました。何かするとは見ており申した」

参之助は大志田家に累が及ばぬように配慮して久離を望んだと、分かっている様子だった。

「しょうもないやつだ」

満之助は言い足したが、怒っている口調とは微妙に違った。

「事情をお聞かせいただけまするか」

「そうですな。お話しいたしましょう」

わずかに迷うふうを見せたが、嫌がりはしなかった。

「当家と馬橋家は屋敷が近いので、何代も前から親しくしておりました。参之助と千寿殿は幼馴染《おさななじみ》で、好いて好かれる仲だと見ておりました」

しかし三男坊と跡取りの兄がいる家の娘では、添うことはできない。

「それでも添いたい気持ちは強かったようで」

「では、どうするおつもりで」

「手習い師匠でもしようかと、話したことがあります」

そんな中で、馬橋家の積み重なった借金がどうにもならないところへ来てしまった。

そこで下の娘千寿を手放す決断を、馬橋正兵衛がしたのだろうと満之助は告げた。

御家人株は手放さないという結論だ。

「話を聞いてきた参之助は、衝撃を受けたようです」

「参之助殿は、他に婿に行く話はなかったのでござろうか」

「一つだけありましたが、その家も無役で苦しい内証《ないしょう》でござった。また千寿殿への思いもあったのでしょう、断りました」

「なるほど。しかしそれでは、生きていけぬでしょうな」

「はい。いつまでも、当家に置いておくわけにはまいりませぬゆえ」

声が小さくなった。大志田家の暮らしも厳しくて、口減らしをしたいのだろう。小禄の借金だらけの家では、次三男や嫁に行かない娘は厄介者《やっかいもの》だ。

「先の見えぬ暮らしゆえ、いっそ千寿殿を攫って逃げようと、機会を探っていたわけですな」

「そんなところだと存じます」

しかし企みは、うまくいかなかった。

「参之助殿は、どうするでしょうか」

「千寿殿を捜して、奪い取ろうとするかもしれませぬ。あやつには、一途なところがありました」

「仮に捜し当てたとしても、奪おうとすれば、返り討ちに遭うこともあるのではござりませぬか」

あの折立ち合った衣山なる北澤家の用人は、参之助よりも明らかに剣の腕は上だった。山野辺が危惧するところだった。

「そうはさせたくござらぬが、どうにもなりませぬ」

満之助は悔し気に言った。参之助は、数日分の銭しか持っていないのではないかと付け足した。

参之助が通っていた剣術道場や学問の師や、親しくしていた者たちのところへは、満之助が足を向けたが、立ち寄ってはいなかったとか。

最後に、北澤大膳についても訊いた。

「あの御仁《ごじん》は旗本でありながら、阿漕《あこぎ》な金貸しだというのがもっぱらの噂《うわさ》でござる」

棄捐《きえん》の令以後、札差《ふださし》は貸し渋りをするようになった。そんな中で北澤は、貸すときは仏顔だった。つい借りてしまう者が多かった。しかし取り立ては、容赦がなかった。

「娘を売らされた直参は、馬橋家だけではないと聞き及びまする」

分かる範囲として、北澤から金を借りている直参の名を三人挙げてもらった。また近くだという馬橋屋敷の場所も聞いた。

馬橋家は家禄百俵だそうだが、古屋敷で大志田家と同じような貧し気な佇《たたず》まいだった。

山野辺は、それとなく垣根の隙間から庭を覗いた。

庭の畑では、大根を植えていた。若侍と娘が畑の手入れをしていた。娘の顔を見ると、昨日見かけた千寿と似ている。どちらもなかなかの器量よしだった。若侍は、跡取りの兄松之丞らしい。

休みなく手を動かしているが、二人の顔つきは暗かった。千寿のことが気になるのは当然だろう。

娘は咳をした。すぐに兄がいたわるように声をかけた。優し気な表情だ。

山野辺は声掛けをしようかと考えたが、二人に昨日の話をしなくてはならない。気が重い。

そのまま屋敷前を通り過ぎた。

山野辺は、満之助から聞いた北澤からの借金で苦しむ直参を当たることにした。

「金の話など、したくない」

一軒目では、けんもほろろに追い返された。二軒目の主人は北澤への怒りがあるのか、話をした。

「高利であることや、取り立てが厳しいのは聞いており申した。しかし借りやすいので、つい頼ってしまい申した」

「追い詰められれば、そうでしょうな」

「しかしあやつは、足元を見ておった。武家の矜持《きようじ》を持たぬ者でござる」

札差が貸し惜しみをしなければ、借りずに済んだ金だと悔やんだ。こちらから足を向けたのではなく、用人の衣山が訪ねて来た。

「当家が苦しいのを、どこかで聞き込んできたのであろうな」

また三軒目では、北澤とつるんでいる女衒が俣蔵という者だと知っていた。北澤が借金の形《かた》に取った娘は、千寿の他にもそれなりにいるらしかった。手配をするのが俣蔵だとか。

「武家は体面を重んじるゆえな。大っぴらには話をせぬが」

その直参は言った。

「旗本と女衒では、繋がらぬように存ずるが」

「間に入る者がいるようでござる」

それが何者かは分からない。他にも北澤から金を借りている者の名を聞いた。

三

十一月の末日、正紀は源之助と植村を伴って、深川南六間堀《みなみろつけんぼり》町のお鴇《とき》を訪ねた。

銚子から仕入れる〆粕の売買について、打ち合わせがあった。

銚子湊で漁師から鰯を仕入れ、〆粕と魚油《ぎょゆ》の製造と販売をする松岸屋《まつぎし》は、五十九歳になる千代《ちよ》という女商人《おんなあきんど》が、甥の作左衛門《さくざえもん》を使って商いをしている。しかし実際の商いを仕切っているのは正森だった。作業場のある銚子の飯貝根《いがいね》では、正森は千代と夫婦のようにして暮らしていた。

松岸屋で拵えた魚油と〆粕は、利根川や小貝川《こかい》などの流域で売られたが、江戸へも運ばれた。その江戸での販売を行っているのが、松岸屋の江戸店で、ここの主人がお鴇だった。松岸屋を名乗っているが、店舗があるわけではない。

お鴇は実弟の蔦造《つたぞう》を使って、馴染みの問屋へ卸《おろ》していた。お鴇の家は、江戸へ出てきた折の正森の住まいでもあり、二人は江戸での夫婦と言っていい仲だった。お鴇は四十二歳だから、三回り以上歳の差があることになる。

千代もお鴇も、互いの存在を知っていたが、正森のことを信頼していた。正紀は千代ともお鴇とも昵懇《じっこん》だが、二人が正森を悪く言うことは一度もなかった。

高岡藩では、年に百俵から二百俵の〆粕を銚子の松岸屋から仕入れ、売ることになっていた。

江戸での販売を請け負うのが、お鴇だった。

〆粕はご府内では消費されないが、江戸近郊の農家や荒川《あらかわ》上流の村へ運ばれて売られた。

「順調に売れています」

お鴇に言われて、正紀は胸を撫で下ろした。〆粕の売れ行きは、藩財政に影響する。

商いの話が済んで世間話をしていると、いきなりぬっと部屋へ人が入ってきた。旅姿の正森だった。ここは正森の家でもあるのだから、帰ってきたところで不思議ではないのだが、それでも正紀は驚いた。めったに顔を合わせることなどないからだ。

正森は、常に銚子と江戸を行き来している。八十一歳になっても、じっとしていない。剣の腕は、まったく衰えていなかった。

「お目にかかれて、祝着《しゅうちゃく》に存じます」

「うむ」

正紀が挨拶をしても、厄介者を見るような目を向けただけだった。無視はしないが、用が済んだらさっさと帰れ、と言わぬばかりの態度だ。これは今に始まったことではなかった。

正森が身体堅固でありながら五十一歳で隠居をしたのは、尾張嫌いだからだというのが大方の見方だった。正国を婿にするにあたっては、尾張と縁を結ぶことを有利と見た派が本家浜松藩や高岡藩内で発言力を持っていた。

正紀は尾張一門とはいっても今尾藩から入ったが、正国は違う。尾張本家から入ったので、持参金もあったと聞いている。財政に苦しむ高岡藩にとっては、喉から手が出るほど欲しいものだったに違いない。

尾張藩は、高岡藩を一門に引き入れることで、勢力を広げようとしている。またそれなりの要求もしてきた。意に染まなくても、尾張藩当主の意向に沿わなくてはならなくなった。

正森には面白くないことだろう。

また気持ちの根っこには、長く続く高岡藩の財政逼迫に嫌気が差していたのではないかと見る向きもあった。正国の持参金だけでは、藩財政にゆとりはできない。

とはいえ、急場を凌げたのは間違いない。迫っていた参勤交代の費用も賄《まかな》えた。

すぐに部屋から出て行こうとする正森に、正紀は声をかけた。

「お耳に入れておきたいことがございます。つい先日、高坂市之助に会いましてございます」

と告げた。記憶にないならば仕方がないが、できれば当時の事情を聞きたかった。

そのまま行ってしまうかとも思ったが、正森は浮かしかけた腰を下ろした。

「両国広小路で、高岡藩の名を耳にした折は魂消ました」

正紀は目にしたことと、高坂から聞いた話を伝えた。武藤の不正についても触れた。話しながら、正森がどのような反応をするか注視した。

「そうか」

やや考えた様子を見せたが、何かを言うわけでもなかった。表情も変わらない。

「仇討ちの件は、ご存じで」

「もちろんだ。藩主をやめた年の、秋のことであった」

しっかりと覚えていた。少し意外だった。井尻は、正森は藩士になど関心がないと話していた。

「検見の不正と、武藤による高坂太兵衛殺害について、詳細をお聞かせいただけないでしょうか」

正紀は頭を下げた。

正森は一瞬迷う様子を見せたが、すぐに首を横に振った。不快そうな面持ちになって言った。

「もう三十年も前の話だ。いらぬことだ」

話す必要はないという返事だ。こうなると正森は梃子《てこ》でも動かない。それでも正紀は告げた。

「終わってはおりませぬ。今でも高坂市之助は仇討ちをせんと、武藤兵右衛門を捜しております る」

いくぶん強い言い方になった。聞いた正森の目に、怒りが浮かんだ。怒鳴られるかと覚悟をしたが、それはなかった。

「市之助の住まいは、分かるのだな」

「はい」

「ならばこれを渡せ」

正森は懐から財布を取り出し、正紀に三両を差し出した。額の多さに仰天した。

「行けっ。力になれることがあるならば、なれ」

「はっ」

話を聞けないのは物足りなかったが、話す気持ちがないならばどうしようもなかった。

正紀は源之助と植村を伴って、本所緑町へ向かった。歩き始めたところで、植村が口を開いた。

「藩のためには力を貸さない大殿様が、よく三両も出しましたね」

「しかも、手伝えとまで仰《おお》せられました」

源之助が応じた。同じことを思っていたようだ。ため息をついた。力になれと言われても、動きようがない。先日初めて名を聞いた者だ。

「何があったのでしょうか」

「正紀様が、まだ終わっていないとおっしゃって、それから金を出しました。やはり何か思いがあるのでしょう」

源之助の言葉に正紀も同感だが、正森の胸の内は分からない。ただの同情ではないだろう。

竪川《たてかわ》河岸に出て、東へ歩く。歩くほどに鄙《ひな》びた景色になった。地震で崩れたらしい小屋が、そのままになっているところもあった。

緑町に着いて、何人かに尋ね網七店に着いた。長屋とはいっても、小屋を思わせるような粗末な代物だ。建物が、つっかい棒で支えられている。地震で崩れかけたのを、素人《しろうと》が修繕したものと察せられた。

井戸端にいた中年の女房二人に、高坂について問いかけた。

「ええ、いましたよ。でももう出て行ったと聞きましたけど」

肌が赤い狐顔の女房が言った。

「今はいないのだな」

少し驚いた。もう一人の女房が言った。

「いなくなったのは、地震があった次の日からです」

「何かあったのか」

「あの人の事情なんて、分かりませんけどね」

どこか冷ややかだ。

「いつからここにいたのか」

「住み着いたのは、半年くらい前でした」

仇討ちをしようとしていることは知っていた。

「銭にはいつも、困っていたねえ。何度か残った飯を、食べさせてあげたことがある。でも出てゆくのに、挨拶もしなかった」

「そうそう。地震の片付けも、手伝わなかった」

そこらへんに、不満があるらしい。

「行き先の見当がつくか」

「どこかで、崩れた材木の下敷きにでもなっているのかねえ」

狐顔の女房は笑おうとして、慌てて手で口を押さえた。さすがに不謹慎だと思ったのか。

「親しくしていた者は」

高坂は仇捜しの他は、竪川河岸で日雇いの人足《にんそく》仕事をして糊口《ここう》を凌いでいたとか。

「いるのかねえ、あんな貧乏神みたいな人」

それでも一人が、くすりと笑った。

網七店の大家の住まいを聞いて、正紀らはそちらにも足を向けた。

「ええ、地震の次の日にやって来て、今日限りで長屋を出ると言いました。仇が見つかったのかもしれません」

口ではそう言ったが、やはり他人事《ひとごと》といった気配だった。行き先も聞かなかった。

ただ残っていた店賃は払ったとか。これまでも、店賃が滞《とどこお》ることはなかった。

「請け人は誰なのか」

江戸では、裏長屋を借りるのにも請け人がなくてはならない。

「本所松坂《まつざか》町の蕎麦《そば》屋の吾作《ごさく》さんです」

吾作のところへ行った。間口二間半（約四・五メートル）の蕎麦屋だ。隣は間口の広い荒物屋だった。

敷居を跨ぐと、出汁《だし》のにおいが鼻をくすぐった。相手をしたのは、初老の主人だ。

「半年くらい前に店に来て、かけ蕎麦を食べたんですけどね。持ち合わせが二文足りなくて、払えなくなりました」

商売だから、それでいいというわけにはいかない。二日、掃除や丼《どんぶり》洗いをさせた。

「武家だからと威張《いば》ることもなく、よく働きました。そこで事情を聞いたんです」

三十年も歩き回ったが、しばらくは江戸で仇を捜すと言ったそうな。

「それで不憫《ふびん》に思いましてね」

長屋に住めるよう、請け人になったそうな。

「長屋を出るにあたって、何か言ってなかったのか」

「ええ。大川の向こうを捜すとかで」

「そうか」

大川の向こうといっても広い。吾作は、餞別《せんべつ》を与えたとか。どこに知り合いがいるかも分からないから、高坂の所在は分からない。正森から預かった三両は、渡せないことになった。

四

「どういたしましょう」

蕎麦屋を出たところで、源之助が正紀に問いかけてきた。

「我らが頂戴するわけにはまいりませぬなあ」

植村が、いかにも惜しそうに続けた。

正紀は叱りつけた。ではどうするか。

「当たり前だ」

源之助の言葉通りだが、できるだけ捜してみることにした。三両は、少しでも早く渡してやりたい。一昨日《おととい》正紀は五匁銀一枚を与えたが、金子はいくらあってもそれでよいとはならないだろう。

「二、三日したら、また来るしかないでしょう」

と植村。そこは身に染みるらしい。

「人捜しは、腹も減るでしょう」

長屋の女房は、高坂は竪川河岸で荷運びをしていたと言っていた。そこで荷運び人足を当たってみることにした。

「ああ、あの貧し気なお侍ですね」

尋ね始めて三人目で、高坂を知る者が見つかった。

「あいつは、仕事の手を抜かないから、組んでやるにはいいやつだ」

四十半ばの人足だ。

「兄の仇を捜していたのを、知っているか」

「へえ。そんなことをしていたんですかい」

聞いて魂消た様子だった。

口数は少ない。ただ元高岡藩の浪人者を知っているかと訊かれたことはあるそうな。

武藤兵右衛門という名も、そのとき耳にした。

「でもよ、高岡藩てえ大名の名さえ、初めて聞いた。どこにあるのかも知らなかったぜ」

ぎりぎり一万石の小藩である。知らなくて当然だった。ただ源之助は、不満そうな顔をした。

「長屋を出たきり、戻っていない。どこにいるか、見当がつくか」

「さあ。仇を捜しているんなら、何か分かったら、そちらへ行くんじゃねえですかね」

もっともだ。四人目も、高坂を知っていた。

「ああ、仇を捜しているお侍ですね」

前の人足は知らなかったが、「仇を捜している五十前後の侍」は、少なからず人足や一膳飯屋などでは知られているという。

「そうなると仇も、噂を耳にしたら、このあたりから離れるでしょうね」

「高坂も、それを察して聞き込む場所を変えたのかもしれぬな」

源之助に答えるように、正紀が呟《つぶや》いた。

「腕が立つならば、面倒ですからひと思いに斬り捨ててしまうかもしれませんね」

源之助よりも、植村の意見の方が乱暴だった。

「ただ武藤兵右衛門が、昔のままの名で過ごしているとは考えられない。それは高坂も織り込み済みだろう」

正紀の言葉に、源之助と植村が頷いた。

高坂がどこへ行ったかの見当はつかない。ならば武藤について、藩内に知る者がいたら、分かることを聞いておこうと考えた。

「ただ三十年前のことだからな」

詳しい事情を知る者となると、五十歳以上でなくてはならない。しかも事件のとき、国許にいた者でなければ、詳細は分からないだろう。その歳の者で、勤番者は少ない。

しかしいないわけではなかった。篠原猪三郎《しのはらいさぶろう》という馬廻り役がいた。

正紀は屋敷に戻って、篠原を御座所へ呼び出した。

「さようでございますなあ」

篠原は昔を懐かしむ顔になった。そのときは二十二歳で、家督を継いで間もない頃だったという。

とはいえ馬廻り役は番方で、徴税や勘定には疎《うと》かった。検見に関わることもない。

「それでも、家中では大きな騒ぎになり申した」

田舎の小藩である。何も起こらないのが常だった。

「そうであろうな」

「しばらくは話に尾鰭《おひれ》がついて、いろいろな噂が飛び交いました」

親しいかどうかは別として、誰もが知っている者が起こした年貢米にまつわる不正だった。

「武藤は傲慢なだけでなく、何かにつけて、算盤《そろばん》を頭に置いて動くところがありました」

篠原は、武藤をよく言わなかった。上士であることを鼻にかけていたと付け足した。それが腹立たしかったのだろう。

「高坂市之助は」

「顔は見かけたことがございましたが」

市之助は部屋住みだったので、挨拶を受けたことがあるくらいだとか。

「二人の顔を、はっきり思い出すことができるか」

「見てみなければ、何とも」

頼りない口調だった。

「太兵衛は、どのような者であったか」

「律儀な者であったと聞きます。ただ融通は利かぬ者かと」

勘定方は、それでいいかもしれない。井尻と似た質《たち》なのだろうか。

「相手が上士では、訴えをしても通りにくかったのかもしれませぬ」

「当時の勘定奉行関口半三郎は取り上げなかったわけだな」

「さようで」

だから後で、処分を受けた。

「あのとき太兵衛は、江戸の殿様にも同じ訴えを送っていました。お受けになった殿は、始末を関口にお命じになりました」

「武藤と関口の関係を、ご存じなかったわけだな」

「はい。初めから河島様にお調べをお命じになっていたら、状況は変わっていたかもしれませぬ」

「太兵衛は斬られずに済んだかもしれぬな」

それを口にする者はいなかったようだ。藩の仕置きに、異論を唱えられる者などいない。

「大殿様は、そのことに気づいておいでであろうか」

正紀はそこが気になった。

「はて、拙者どもでは存じ上げぬことで」

武藤や高坂が今どこにいるかなど、篠原は見当もつかないという。

「あのとき、もう一つ話題になったことがございました」

「何か」

「剣の腕でございます」

「どういうことだ」

「明らかに、武藤の方が上でございました。今はどうか存じませぬが」

「だから追っ手に、杉田給三郎をつけたわけだな」

「そう聞き及びます」

すでに、杉田はこの世の者ではなくなっている。気持ちが沈んだ。

五

師走の一日になった。月が替わっただけで、町がにわかに慌ただしくなった。地震におののいたのはほんの数日前だが、道行く人は年末の用で忙《せわ》しない様子だった。地震の後始末は、手早く進んでいる。江戸っ子は火事や地震の恐ろしさを知っているが、慣れてもいた。

土埃《つちぼこり》を上げて、荷車が行き交う。そこここの船着場では、荷下ろしが行われていた。商家の並ぶ道には、倉庫に入りきらない荷が積み上げられている。

高積見廻り与力の山野辺にとっては、多忙な時期になった。

廻るべき場所を一通り廻って、一息ついたところで山野辺の頭に浮かんだのは、大志田参之助と千寿のことだった。

武家であろうが町人や百姓であろうが、借金を返せず娘が女衒に連れられてゆく話は珍しいものではなかった。ただその場面を目の当たりにし、しかも娘を奪い取ろうとする者が現れたのは初めてだった。

「おれもお節介だ」

とは思う。しょせんは他人事だし、証文があってのことならばどうにもならない。

参之助は、己の方が理不尽だと知った上で千寿を奪い取ろうとしていた。

山野辺の立場ならば、捕らえなければならないのは参之助の方だ。しかし気になるのは、参之助がしようとする不法な真似を許さないとか、させたくないとかいうのとは微妙に違った。手を貸そうというのでもない。

「女郎屋へ入れられても、すぐに穢《けが》されるわけではない。ただおれが参之助の立場ならば、一日でも早く奪い取りたいと考えるだろう」

参之助は二の腕に大怪我をしている。たとえ千寿の居場所が分かっても、奪い返すどころか返り討ちに遭うのが関の山だ。

一途な思いは伝わってきたが、無謀で己の力が分かっていない。あの北澤家の衣山ならば、平気で斬り捨てるだろう。それが見えているから、捨て置けないのだと考える。

ともあれ、千寿の居所を当たってみることにした。

父親の代から手先として使っている岩助《いわすけ》を伴って、本所にある北澤の屋敷の様子を見に行った。

岩助はもう五十歳を過ぎて、白髪《しらが》もだいぶ増えてきた。しかし矍鑠《かくしやく》としていて、確かな仕事をした。普段は町を巡る鋳掛屋《いかけや》をしていた。

「ああ、これですね」

岩助が門番所つき長屋門の前に立って言った。間口は三十間（約五十四メートル）、九百坪ほどの敷地だった。

場所は北割下水《きたわりげすい》の北側で、大横川《おおよこがわ》に近かった。界隈では広い屋敷で、建物の手入れも行き届いていた。ただ本所も東の外れで、重い役目に就いている者の屋敷とは感じなかった。

周囲の屋敷はどこも古びていて、勢いを感じない。北澤屋敷だけが、目立っている印象だ。

門扉《もんぴ》は閉ざされている。門番所に人影はあったが、そこへは寄らなかった。

「無役でも、阿漕に儲けていそうな屋敷じゃねえですか」

岩助は憎らし気な顔で、屋敷を眺めていた。参之助と千寿に関する詳細については、道々山野辺が話して聞かせていた。

しばらく立っていたが、人通りはない。北割下水の水音だけが小さく聞こえた。動くものは舞い落ちる枯れ葉くらいのものだ。

山野辺と岩助は、近くの辻番小屋へ行った。居眠りをしていた老人を起こして、小銭を与えて問いかけをした。

辻番小屋の番人は武家に雇われている者だから、町方の与力とはいっても畏《おそ》れ入るわけではなかった。

「十八、九歳くらいの、左腕に怪我をした部屋住みふうの者が、このあたりに来ていないか」

「そういえば、見かけたような」

「地震の後だな」

「翌日だったかな。でもその前に、怪我はしていなかったが、何度か見かけた気がする」

地震の後は一回だけで、後は見かけていない。とはいっても、来ても気づかないこともあると付け足した。

「では、やくざ風の町人は」

女衒の俣蔵を頭に入れて問いかけた。

「それは見かけませんが」

貧し気な侍が訪ねて来ることはままあるとか。金を借りに来たと、番人も分かるらしかった。

山野辺は岩助をこの場に残して、北澤や衣山が外出をしたらつけるように命じた。無駄足になるかもしれないが、それで千寿の行方が分かるかもしれないという気持があった。俣蔵らしき者が現れたら、もちろんこれもつける。

岩助を辻番小屋へ置いてもらえるように、番人には銭を与えた。

それから山野辺は、一人で深川へ足を向けた。千寿を捜すつもりだ。千寿を捜していれば、参之助にも会えるはずだ。

「あいつが殺されたら、後味が悪い」

手に入れた娘を売るにしても、本所界隈の女郎屋だとは思えなかった。まずは深川界隈で、俣蔵を捜すことにした。

深川には女郎屋街が多い。まず江戸の海に隣接する大島《おおじま》川の南の大新地《おおしんち》から当たった。潮のにおいが濃いあたりだ。何軒もの見世《みせ》が並んでいる。

昼見世があるから、すでに出入り口には花暖簾《はなのれん》がかけられ、張見世《はりみせ》では濃い化粧をした女たちが客引きをしていた。

腰に十手を差した山野辺が敷居を跨ぐと、客だとは思わないらしい。一軒目は、強面《こわもて》の番頭が相手をした。

「どういうご用で」

身なりを見ただけで町奉行所の与力だと分かるらしく、無礼な態度ではなかった。下手《したて》に出ているが、警戒する気配はあった。

「女衒の俣蔵を知っているか」

「いや、知りませんね。うちには出入りをしていません」

見世に用ではないと知って、少しばかり緊張を解いた様子だった。

「借金の形に取った、武家娘を連れてくる者だ」

「そういう話は、聞いたことがありますが」

この見世を含めて、三軒では問いかけに首を傾げられただけだった。しかし四軒目で、俣蔵を知っているおかみがいた。

「名は聞いたことがあります」

「どこでだ」

「永代寺門前山本町《えいたいじもんぜんやまもと》の裾継《すそつぎ》です」

耳にした見世の名を聞いた。妓楼同士には、それぞれ繋がりがある。連絡を取り合って、女郎を鞍替《くらが》えさせたり情報を得たりすると聞いていた。

裾継は、深川では名の知られた女郎屋街だ。深川界隈だけでなく、本所や大川の西側からも、客がやって来るという。

山野辺は、教えられた女郎屋の敷居を跨いだ。相手をしたのは、中年の楼主だった。

「ええ、うちも付き合いがありますよ。天明の飢饉の折に、二人常陸《ひたち》から連れてきました」

「江戸の、武家娘を連れてくることはないか」

「話を聞いたことはありますが、うちではありません」

「俣蔵は、どのような手立てで武家娘を連れてくるのだ」

「そういう手蔓《てづる》があると聞いたことはありますが、はっきりしたことは分かりませんね。ただ上玉なら、江戸の武家娘は地方の方が金になるんじゃないですかね」

「豪農や網元《あみもと》が、金を出すわけだな」

「まあ」

楼主は、口元に嗤《わら》いを浮かべた。

「新しく、どこかで武家娘を入れる話は聞かないか」

「俣蔵が連れてくるんですかい」

「そうだ」

「まずい、何かがありますかい」

関心を持ったようだ。上玉なら、目の前の楼主も欲しいのだろう。

「いや、それはない。おれが知りたいだけだ」

山野辺はあっさり応じた。楼主は納得はしないかもしれないが、それはかまわない。

さらに俣蔵が出入りしている女郎屋を四軒聞いた。

最初に行ったのは、一の鳥居近くにある櫓下《やぐらした》と呼ばれる一画だ。ここも裾継に劣らず賑やかな色街だった。火《ひ》の見櫓《みやぐら》が間近にあるのでそう呼ばれた。

この見世では、おかみが相手をした。

「ええ。俣蔵さんから、引き受けた妓《ぎ》が何人かいますよ。武家上がりも一人います」

「近く、新しく入る話はないか」

「うちには、ありませんね」

他の見世のことは分からない。楼主が公にしたがらない隠し玉もいると言う。

「俣蔵が連れてくるのは、武家上がりの娘が多いのか」

「そんなことはありません。でも、前から付き合っている見世には、上玉を連れて行くと聞いたことがあります」

不満気な口調だった。

「するとその見世は、武家の娘が多いわけだな」

「まあ、そうですね」

「どこの何という見世か」

「三十三間堂町《さんじゆうさんげんどう》の越路屋《こしじ》さんです」

裾継で聞いた四軒の中にも、その屋号があった。主人は総左衛門《そうざえもん》なる者だそうな。

三十三間堂町は深川の東の外れで木置き場に近い。深川では、ここも名の知られた女郎屋街の一つだ。

越路屋が気になったが、その前にもう一軒、永代寺門前仲町《もんぜんなかちよう》の女郎屋へ行った。ここでも、相手をした番頭は、近く武家娘が見世に入る話はないと告げた。

「近くでも、聞きません」

「越路屋ならばどうか」

「あそこならば、あるかもしれませんね」

考えてから言った。ここの番頭も、俣蔵は越路屋へはよく出入りしているようだと言った。

「あのあたりでは、指折りの見世ですぜ」

と番頭は言い足した。

こうなると、千寿が越路屋にいる線が濃くなった。となると、見世へ行って直《じか》に尋ねるのはまずそうだ。

ともあれ三十三間堂町へ入った。この頃には日も落ちて、町には明かりが灯り、客の姿は多かった。張見世の女たちが、声を上げている。

越路屋は、聞いていた通り繁盛している様子だった。店の構えも、他より重厚だ。ただ通りから女の様子を見ただけでは、武家の出なのかそうでないか、山野辺には分からない。

一人一人の顔を検めたが、先日目にした千寿の顔は見当たらなかった。

「この見世に、新しい武家娘が入ったのではないか」

女の一人に問いかけた。

「いませんよ、そんなの。あたしの方がよっぽどいいから、可愛がってくださいな」

甘えた声を出した。襦袢《じゅばん》の袖から覗いた白い腕が眩《まぶ》しく見えた。

張見世の女の言うことなど、当てにならない。しかしお役目でない以上、十手を使って訊くのは憚《はばか》られた。

「どんな御用ですかい」

とやられると、返答に困る。

そこへ出かけていたらしい六十歳前後とおぼしい羽織姿の男と、三十をやや越したあたりとおぼしい男が、見世の前に立って若い男衆に声をかけた。男衆は何か言って、頭を下げた。

二人はそのまま見世に入った。

「お帰りなさいまし」

という声が聞こえた。六十年配が、主人の総左衛門だと分かった。身ごなしに隙のない、がっしりとした体つきだった。もう一人は番頭だろう。

隣の見世の前にいた男衆に、もう一人について尋ねた。

「あれは番頭の独楽次郎《こまじろう》さんです」

二人の顔は、覚えておくことにした。あたりを見回すが、参之助の姿はない。左の二の腕を怪我した部屋住みふうの侍の姿を見ていないかとも訊いたが、「ない」と返された。

参之助はまだ、ここへは辿り着けていないらしかった。

六

十二月三日になって、国許の河島一郎太から問い合わせの返書が高岡藩上屋敷に届いた。正紀が思っていたよりも早かった。

高坂の行方は知れないままで、正森からの三両はまだ渡すことができなかった。

正紀は、早速封を切った。

冒頭河島は、高坂がいまだに仇を追って旅を続けていることに驚きを示した。陣屋内では、すでに話題にする者もいないとか。ただ仇討ちを成就《じょうじゅ》させなければ帰参は叶わないので、その労については胸が痛むと記していた。

当時河島は、まだ十五歳だった。部屋住みではあるが、事件のときに父親があれこれ対応していたのは覚えていたようだ。蔵奉行が主犯で勘定奉行が関わったわけだから、大事件と言っていい。

しかもそれが、仇討ち騒ぎにまで発展した。

そして文には、藩の飛び地六村の不正な検見とそれを高坂太兵衛が暴いた顚末が記されていた。

蔵奉行だった武藤は、配下の郷方《ごうかた》を手懐《てなず》けて、五年も前から検見の折に、収穫高を徐々に少なめに報告するようになっていた。それが二割を超すようになって、太兵衛が不審に思った。

他の用事を拵えて六村を廻り、不正を調べ上げたのである。

ただ勘定奉行関口半三郎のせいで探索が曖昧《あいまい》になり、その間に太兵衛は武藤に襲われてしまった。襲撃現場の目撃者がいなかったら、訴えも不正も闇に葬られてしまうところだった。

訴えを受けた正森が、素早く、調べを関口だけでなく他の者にも命じていれば襲撃は防げたのではないかとしていた。後から訴えを精査した河島の父は、書類の正確さに驚いたとか。

きちんと読み込んでいれば、武藤の容疑が濃いのは明らかだった。普通ならば、その段階で、武藤の身柄を拘束しただろうと書いてあった。

藩からの追っ手杉田給三郎が高坂に同道したが、七年後に旅の途中で病に倒れた。以後高坂が単独で武藤を追うことになった。その後三年ほどは文があったが、いつしかそれもなくなった。

遠方から江戸や高岡への飛脚を出すと、それだけでも結構な銭がかかる。負担になったのではないかと結ばれていた。

正紀は河島からの文を、佐名木や井尻、源之助や植村にも読ませた。

「大殿様は、何でも決めるのは早い方だったと、父から聞いています」

「すべて勘定奉行任せになさいました。太兵衛からの訴えへの処置が遅れました」

佐名木の言葉を受けた井尻の返答は辛辣《しんらつ》だった。間違ってはいない。

「家督を譲ることが、頭の中を覆っていたのであろうな」

正紀が言った。下からの訴えを、藩主がすべて自ら手にかけなくてはならないものではない。事の真偽も含めて、担当の長に対応を命じるのは当然のことだ。

とはいえ、大事件であった。せめて調べに河島弥惣兵衛を加えるなどの配慮があったら、状況は変わっていたはずだ。

「まさしく。家督を譲るかどうか、それくらい迷われたということではないでしょうか」

「そうだな」

佐名木の言葉には、得心がいった。

誰もが正森の隠居は、何年も先だと考えていた。健康なだけでなく、頭脳も明晰《めいせき》で、まだまだ藩政を担えるとされていた。

にもかかわらず、いきなり家督を譲る旨が家臣に伝えられた。藩財政は、窮乏したままだ。

身勝手だと考えた家臣がいたとしても、不思議ではない。

「藩がこれまで数々の場面で困っていたときでも、知らぬ顔をなさっていた大殿様が、頼みもしないのに自ら三両を出されたのには驚いた」

「気になりますね」

正紀の言葉を源之助が引き継いだ。源之助は正紀の気持ちを分かっている。

三十年捜し回って、仇に会うことさえできなかった。今になって会って討ち取ることができるかどうかは分からないが、正森の気持ちは知りたかった。

正森は、〆粕と魚油の商いでは成功を収めている。しかし高岡藩主としては、途中で匙《さじ》を投げていた。井尻などはそれを今も不満に思っているようだ。その気持ちも分かるが、正紀は少し他のことも考える。鰯商いではできても、大名家を支えていくというのはそれとは別のたいへんさがある。

それは単に高岡藩だけの問題ではなく、その上に公儀という重しがあるからだ。己の才覚だけでは、どうにもならない。それは正紀も日々感じることだ。

しかし、逃げたら、そこまでではないかと正紀は考える。自分は、今の高岡藩が置かれた状況で生きていきたいと思っている。正国にしても同じはずだ。尾張の笠に守られているのではなく、その笠を支えているという心意気だ。

けれども……。

正森にその気概がなかったのは、自身に尾張という後ろ盾がなかったからだとも受け取れる。だとすると、尾張を嫌う気持ちも分からなくはないのだ。

正紀は、もう一度深川南六間堀町のお鴇を訪ねることにした。正森とは近い存在だ。疑問な点を、お鴇ならば何か知っているかもしれない。

正森がいたら、高坂が不明であることを伝え、思いを聞きたいと思った。叱られるならば、それはそれで仕方がない。

お鴇の住まいへ行くと、正森は今朝江戸を発ったと知らされた。

「残念ですね」

お愛想《あいそう》ではない。今誰よりも当時の事情を知っているのは、正森のはずだった。

昔の話は聞いたことがないが、今朝も高坂のことは気にしていたと、お鴇は伝えてくれた。

「これまで、一人の藩士のために、そのようなことを仰せられたことはなかったと存ずるが」

「その方《かた》には、格別の思いがおありのようです」

お鴇は、わずかに考えるふうを見せてから答えた。

「なぜ、格別の思いをお持ちなのでしょう」

正森の真意が知りたい。

「はっきりとはおっしゃいませんが」

あくまでも勝手な推量だとして、お鴇は続けた。

「武藤某《なにがし》による飛び地での不正は、その年だけのものではなかったようです」

「うむ。後で調べて、何年も前からだったそうで」

「気づかなかったのは、不覚だとおっしゃいました」

「ほう」

正森が、自ら非を認める話など初めて聞いた。

「そこまで高坂どのを気にかけてらっしゃるのは、不正を未然に防げていたら、不毛な仇討ちの旅になど出させなくて済んだという思いがあるからに違いありません」

「後悔しているわけですね」

高坂の仇討ちに関心を示したのは、胸に刺さるものがあったからだ。

「厄介なことに、関わってしまったぞ」

正紀は呟いた。三両を渡すだけでは済まないかもしれない。

第二章　張見世の灯

一

師走になって、通りを歩いていると、焼き芋屋が目につくようになった。竈《かまど》を二つ三つと並べて、甘いにおいを振りまいている。通り過ぎようとする者を振り向かせた。

味が良いと評判の店では、いつも人が並んでいた。

「おひとつどうぞ」

顔見知りの親仁《おやじ》が、巡回中の山野辺に芋を差し出した。

「おお、ありがてえ」

手に取ると、熱々だ。二つに割ると、甘い湯気が上がる。歩きながら、たまらず齧《かじ》りついた。ほくほくだ。食べ終わると、体が温まった。この時季焼き芋屋が繁盛するのは、毎年のことだった。正月を過ぎると、焼き芋よりも蒸し芋を商う店が増える。日本橋箱崎町《にほんばしはこざき》の河岸道で、炭俵の高積みがあって注意をした。年末年始のための荷が増えるから、不法な高積みが増える時季だ。これに町のかっぱらいや食い逃げ騒ぎに関わらせられることもあった。

山野辺は多忙だった。大志田参之助の件については、気になりながらもなかなか手をつけられなかった。

しなければならない優先順位としては低い。

今日はどうにか早めにお役目を切り上げられたので、参之助と千寿の行方を探ってみることにした。一番怪しいと感じているのは、深川三十三間堂町の越路屋である。足を向けた。

三十三間堂は京の蓮華王院《れんげおういん》を模して、寛永《かんえい》年間に浅草《あさくさ》で創建された。元禄《げんろく》年間に類焼して、深川八幡宮《ふかがわはちまんぐう》の東側に土地を得て再建された。堂の全長は南北に六十六間（約百十九メートル）あって、東西は四間（約七・二メートル）、周囲には廻り縁があった。参拝客も多くて、その周囲に町ができた。

敷地内には射地があって、弓術の腕を試そうという者が矢音を立てた。町には参拝客や弓を射る侍を相手にした、飲食をさせる店が軒を並べている。その一角に、女郎屋の町ができていた。

山野辺は町の自身番へ行って、書役に越路屋について尋ねた。主人の総左衛門は五十九歳で、番頭の独楽次郎は三十一歳だった。

見世も総左衛門も、不法な真似をしたわけではないので、町方として念のために訊く形にした。

「越路屋は、代々の見世か」

「そうではありません。総左衛門さんが、十六年前に建物と妓を引き取って越路屋の看板を立てました。商い上手というか、始めた頃よりも大きな見世にしました」

「やり手なわけだな。ここへ来る前も、どこかで女郎屋をしていたのか」

「さあ、そこまでは」

「昔のことは、話さないのか」

「ご本人からは。ただ若い頃はお侍だったのではないかという噂が立ったことがあります」

見世で不逞《ふてい》浪人が暴れて刀を抜いたことがある。しかし総左衛門は、木刀でこれを打ちのめしてしまった。

「町人の腕ではないと、見たわけだな」

「はい。ですが人別帖《にんべつちょう》の写しで確かめると、間違いなく町人だったそうで」

噂が出たときに、土地の岡っ引きが調べたとか。その岡っ引きは、すでに亡くなっている。

「見世には武家の娘が多いと聞いたが」

「そうらしいですが、野州《やしゅう》や上州《じょうしゅう》から連れられてきた者も多いと聞きます」

遊女はいつも十四、五人いるという。規模としては大きい方だ。建物も立派だった。

女郎屋の主人とはいっても総左衛門は、祭礼の折には寄付もするし、溝《どぶ》さらいや夜回りには人も出す。町の旦那衆の一人として、その役割を果たしていた。

自身番を出た山野辺は、越路屋が見えるところに立ち、見世から出てきた若旦那ふうに声をかけた。

戸惑い気味の若旦那ふうに、見世の女たちについて訊いた。

「あそこには、何人かの武家娘がいます。田舎娘とは違いますから、面白がってゆく者はそれなりにいます」

「では、繁盛しているのだな」

「まあ。でもしばらくすれば、あばずれになります。狡賢《ずるがしこ》いのもいます。そうなったら、町や村の女とたいして変わりません」

そんな話を聞かされると、やりきれない気持ちになった。

「あばずれになったら、どうなるのか」

「客がつかなくなったら、他所《よそ》へ鞍替えさせられるのではないですか」

「どこだ」

「もっと安くて数をこなす見世か、田舎じゃあないですか」

数をこなす、という言い方が不快だった。

「越路屋に、新しい武家娘が入るという話は聞かないか」

「いえ。聞きませんね」

他の客にも訊いたが、千寿がいると分かるような話は聞けなかった。他の見世の男衆には、左の二の腕を怪我した部屋住みふうを見かけないかと尋ねた。

「見かけませんがね」

大志田参之助は、姿を見せていなかった。

山野辺は前もって、深川廻りの古参同心土原芳次郎《つちはらよしじろう》から、楼主の一人を紹介してもらっていた。門前仲町の梅屋《うめや》という見世の主人で、多吉郎《たきちろう》という者である。

土原と多吉郎は、腐れ縁といったところか。踏み込んだ話を聞けるだろう、と山野辺は期待した。

さらに何人かに越路屋について聞いてから、梅屋に足を向けた。

梅屋は越路屋よりも間口は狭いが、抱えている妓もそれなりにいて繁盛している様子だった。土原の名を出すと、茶の間のような部屋へ招き入れられた。ほどなく主人の多吉郎が現れ、やり手婆《てばば》が茶菓を運んできた。

「女衒の俣蔵は、うちにも顔を出します。先の飢饉の折には、田舎の娘を連れてきました」

多吉郎は四十代半ばの歳で、浅黒い鷲鼻《わしばな》の者だった。

「江戸からも、遠くへ連れて行ったのであろう」

「借金の形として取った武家娘を、地方の豪農や豪商、網元などに売って、金稼ぎをしているようですね」

本人からはっきり聞いたわけではないが、耳にした折々の話を繋ぎ合わせるとそうなるらしい。

「喜ぶ者がいるのであろうな」

飢饉であっても、豊漁ならば網元の懐は暖かい。俣蔵は、地方からも娘を連れて来た。天明の飢饉では、大儲けをしたらしい。

「武家娘は、越路屋にも連れて行っているな」

「そのようですね」

連れて行く手間はかかるが、上玉ならば地方へ連れて行く方が銭になるだろうとのことだ。

「ですから俣蔵は、武家娘の上玉は、越路屋以外には売ろうとしません」

「なぜ越路屋へは、異なる扱いをするのか」

「さあ、それは存じません。付き合いが長いか、他に何かの事情があるのかもしれません」

多吉郎は首を傾げた。

「俣蔵は、北澤大膳という旗本と近い。北澤を存じているか」

「会ったことはありませんが、武家を相手にした金貸しだと聞いたことがあります」

阿漕な金貸しとして、花街《かがい》でも名を知られているという。

「北澤と俣蔵、越路屋の三人は、近いようだな」

「北澤という旗本から金を借りたお侍が娘を差し出したとなると、扱うのは俣蔵でしょう。その娘が越路屋へ行ったとしても、おかしくはありません」

とはいえこれは、山野辺が口にしたことを、都合よくまとめただけに過ぎない。根拠は何もなかった。どれほどの親しさか分からないが、参考にはなった。

山野辺は奉行所へ戻り、旗本武鑑《はたもとぶかん》をめくって北澤大膳について調べた。

九年前（天明元年）までは、御小普請支配《おこぶしんしはい》を務める三千石のご大身だったが、九百石に減封《げんぽう》されている。理由の記述はなかった。お役を失った上に減封となったのだから、よほどのことがあったに違いない。

「強欲な悪党なのだろう」

との推察はできた。

北町奉行所内では、北澤について知る者はいなかった。旗本が侍相手に金を貸していたら、町奉行所は関わりようがない。

「山野辺様」

奉行所の小者《こもの》が声をかけてきた。浜町堀の河岸道で、危険な荷置きをしている店があるとの訴えがあったとか。そちらへ出向かねばならなかった。

二

お鴇から話を聞いた正紀は、正森が高坂に三両を渡そうとした気持ちをおぼろげながら理解した。

ならば早く渡してやりたいし、高坂の力にもなりたいと考えた。しかし肝心の高坂の行方が分からなければ、どうにもならなかった。

正紀は源之助と植村を伴って、もう一度本所緑町の高坂が住んでいた長屋へ行った。そこしか、行方を捜す手掛かりを得られそうな場所はなかった。

井戸端にいた女房や婆さんに、高坂の暮らしぶりについて問いかけた。

「手間賃稼ぎに出かけるか、仇捜しをしていましたからね。その他のことなんて分かりませんよ」

「そうそう。あの人、自分のことなんて何も話さなかったからねえ」

「酒を飲むなどは、なかったのか」

「食うにやっとで、そんな銭はなかったんじゃあないですか」

「楽しみは、何もなかったのであろうか」

不憫に思えて、正紀は尋ねた。

十八歳からの三十年は、人の一生ではかけがえのない歳月だ。仇討ちのためだけで費《つい》やしたのか。

「そういえばあの人、草や花の絵が上手だった。うちの子が、萩《はぎ》の絵を描いてもらったことがあった」

「ああ、その辺の草を描いていたことがあったっけ」

「銭がかかるから、色は使わない」

墨絵らしい。

「諸国を廻って、いろいろ描いたらしい」

長屋の部屋を調べてみた。すでにがらんとしていて、何もなかった。

「うちの子が描いてもらった絵がありますよ」

と言うので、見せてもらった。拾った反故紙《ほごがみ》の裏に描いたものだ。

「これはなかなかのものですね」

目にした源之助が言った。

「一人で描いていただけか。絵の仲間などはいなかったのか」

「描くのは一人でしょうが、表通りのご隠居さんに見てもらっていましたね」

「ほう」

本所松坂町の荒物屋の隠居金兵衛《きんべえ》だそうな。長屋を借りるときに請け人になった吾作が商う蕎麦屋の隣だとか。隠居は、墨絵の心得があるらしい。

正紀らは、さっそく荒物屋へ行った。

「ええ。あの人の絵は、なかなかのものです」

金兵衛は、高坂の絵を認めた。

「旅のつれづれに描き始めたようです。本格的な修業はしていませんでした」

「そのようなゆとりは、なかったであろうからな」

「まことに。ただ花や草、樹木などを描き始めたようです。人や風景も描けたら、銭になったかもしれません」

高坂は、請け人になった吾作に礼として、品書きに季節の花の絵を描いた。それを金兵衛が目に留めて、関わるようになったのだとか。

「筆や紙、墨などを差し上げました」

そういう知人がいたのなら、せめてもの救いだ。ただ高坂は、食うことと仇捜しに追われていた。描く時間は、思うように取れなかっただろう。

「まあ、仇討ちの足しには、ならぬことでございますが」

と付け足した。

「いや、そうではない」

正紀は、ほっとした気持ちになっている。

「最後に会ったのは、いつであろうか」

「先月末の、夕方頃でした」

長屋を出ることを、吾作と金兵衛に伝えてきた。

「どこへ行くと言ったのか」

「何でも利根川沿いの大名家の元家臣が、四谷《よつや》で町人になって商いをしているという話を聞いたそうです」

「確かな話なのか」

「さあ。そういう根も葉もない噂は、よくあるようですが」

「それでも、はっきりさせなくてはならないわけだな」

「はい。仇討ちとは、因果なことでございます」

「そうだな。他に手立てはないわけだからな」

正紀は、重い気持ちになって答えた。

利根川沿いの大名家は、高岡藩だけではない。高坂は、無駄足になることを承知で、聞き込みをするのだろう。

「あの方は、そうやって噂を頼りに諸国を歩き、三十年を過ごされました」

「うむ」

それ以上、返す言葉はなかった。

吾作は、四谷に住まいが入用になったら、いつでも請け人になると伝えて別れたとか。

「かたじけない」

高岡藩よりも、よほど親身だ。

一口に四谷と言っても広い。捜すのはさらに困難になった。

三

高岡藩上屋敷に戻った正紀は、正国と佐名木に本所緑町や松坂町で見聞きしたことを伝えた。

「捜してやりたいところだが」

話を聞いた正国は、顔を曇らせた。高岡藩では、仇討ちのために藩を離れている者は高坂だけだった。

正国の体調は悪くなく、今日は朝のうち一刻半（三時間）ほど尾張藩上屋敷に出向いていた。当主宗睦から公儀の政に対する報告を聞き、意見を述べる。正国は奏者番をしていたので、各大名家の事情には精通していた。宗睦は正国の意見に、よく耳を傾けた。

また二月には参勤交代で、正国は国許の高岡へ戻る。その打ち合わせもしたようだ。前は路銀作りに苦労をしたが、今は無理な金策をしなくても、派手にさえやらなければ滞りなく行えた。

藩の政は、今のところ安定している。気遣われるのは、正国の体調だった。話が済んだら、奥に引き取って安静にしてもらう。

急な用はないので、正紀も奥に入って、孝姫と鞠《まり》を転がして遊んだ。活発な孝姫は、動く玩具が好きだ。

「さあ、ゆくぞ」

正紀が転がした鞠を、嬉々として追いかける。

足がもつれて、転んで泣くのはいつものことだ。ただ足取りは、日に日にしっかりしてくる。目を瞠《みは》るほどだ。

「すごいぞ」

褒めてやると、分かるらしい。もっともっとせがまれる。

そんなときだ。奥の正国のいる棟から、侍女の悲鳴が上がった。続いてばたばたと乱れた足音も聞こえた。

何だと思っていると、正室和付きの侍女が正紀たちの部屋へ駆け込んできた。

「お殿様が、お倒れになられました」

「ええっ」

傍にいた京が、声を上げた。

正紀も仰天したが、こんなときが来るのを、微かに覚悟もしていた。正紀は京と共に、正国の部屋へ駆け込んだ。

正国はすでに寝床に横になり、脂汗の浮いた顔を歪め、ぜえぜえと苦し気な息を吐いていた。枕元で、落ち着かない様子の和が半泣きになりながら、正国の顔を見つめていた。

屋敷内に詰めている典医《てんい》が駆けつけてきた。枕元に座り、まず顔と目を見、熱を調べた。それから脈をとり、胸に手を当てた。

典医の慎重な手つきが、ただならぬ状況にあることを窺わせた。

息を詰めて見ていた和が、鼻を啜《すす》った。体を震わせている。京が、和の肩を抱いて他の部屋へ移した。

病は重いと察して、正紀は万一を考えた。和を落ち着かせなくてはならない。

正紀と侍女一人が残って、治療の様子を見つめた。小さな呻き声が、正国の口から断続的に漏れる。

「ゆっくりと、息をお吐きください」

典医が正国の上半身を起こし、背をさすりながら言った。

どれくらいのときが経ったか、呻き声がやみ、呼吸が整ってきた。正紀は、ずいぶん長いときがかかったように感じた。

ようやく痛みが引いたのかもしれない。正国は、そのまま眠りに就いた。

「心の臓の発作だと存じます」

振り返った中年の典医が、抑えた口調で告げた。

「胃の腑の病ではないのか」

これまでは、そういう診断がなされていた。

「心の臓も、よろしくないようで」

伏し目がちに、典医は答えた。

今回はどうにか乗り切ったが、また同じような症状が出る虞《おそれ》があると、沈痛な面持ちだった。

「心の臓については、何も気づかなかったのか」

典医は、ほぼ毎日正国の脈をとっている。責めるつもりはなかったが、気になった。

「ございませんでした。潜んでいたものが、出てきたと存じます」

正国の体は、見かけよりも弱っているかもしれないと付け足した。

「しばらくは、安静が必要だな」

「さようで。胃の腑だけでなく、心の臓についても、心して診てまいります」

正紀は、典医の診立てを和と京にも伝えた。

和はいくぶん落ち着いていた。しかし心の臓の発作だと伝えると、体を震わせた。

「大坂加番や定番、そして江戸へ戻ったら休む間もなく奏者番と、激務が続いた。その無理が祟《たた》ったのであろう」

恨めし気な口ぶりだった。

和は京に手を取られながら、正国の部屋へ入り枕元に腰を下ろした。寝ている正国の顔を見つめた。

日頃は狩野《かのう》派の絵を楽しみ、自らも筆をとった。奥に求められる倹約には、常々苦情を述べていた。正国を思いやる言葉は少なかったが、いざとなると夫婦の深い愛情を感じさせた。

和のおろおろする姿を目にしたのは、初めてだ。正紀は驚いた。

屋敷内では、正国の病状については改めて伝えなかった。ただ心の臓の病であることはその日のうちに広まって、案ずる者は多かった。

特に大坂まで出向いた家臣は、身を案じた。それだけの絆《きずな》が、かの地で培《つちか》われたのかもしれなかった。

正紀には、気がつかなかった一面だ。

正国の発作については、その日のうちに尾張徳川家と本家の浜松藩井上家に書状で伝えた。万一のことも考えられるので、念のためだ。

翌日の正午過ぎになって、それぞれの家から、見舞いの使者が姿を見せた。正国は眠ったきりで、面会をさせられる状況ではなかった。正紀が会った。

井上本家からは、藩主正甫の名代として側用人《そばようにん》の櫛形甚七郎《くしがたじんしちろう》がやって来た。見舞いの品は白絹三反で、型通りの見舞いの口上を述べてから病状を訊いてきた。

「無理はできぬが、重いものではござらぬ」

正紀は答えた。先行きに不安はあったが、それには触れなかった。目通りはない。

櫛形は四半刻（三十分）いただけで引き上げた。

尾張藩からは、付家老であり正紀の実兄でもある竹腰睦群が姿を見せた。

「胃の腑の痛みだけでなく、心の臓も弱っている模様です。再発の虞も、あるそうで」

「そうか」

睦群には、典医の診立てを正直に伝えた。

「宗睦様も案じておった」

前から顔色がよくないのは分かっていたようだ。実弟だから案ずるのは当然だが、宗睦の気持ちはそれだけではなかった。

「正国様は能吏《のうり》だったからな、まだまだ一門のために働けると考えておいでだ」

昨年正国が奏者番を辞任したのは、病を理由にした。しかし実際はそうではなかった。

宗睦は松平《まつだいら》定信が老中職に就くにあたっては尽力をした。だがその後の囲米《かこいまい》や棄捐の令といった施策は、良い結果をもたらさなかった。また行き過ぎた奢侈《しゃし》禁止と質素倹約の触《ふれ》は、江戸の金の流れを停滞させた。

宗睦は定信にたびたび忠告したが、己を信じて聞き入れない。表立っての政権への批判はまだ出ていないが、大名や旗本、御家人の間に、不満が溜まってきていた。市《し》井《せい》でも同様で、田沼意次《たぬまおきつぐ》を懐かしむ落首《らくしゅ》さえ出てきている。

宗睦は定信を見限った。それまで奏者番という幕閣の一翼を担う役目に正国を就けていたのは、尾張徳川家の思惑があったからだ。

正国が奏者番を辞すことは、定信政権から御三家筆頭尾張徳川家が手を引くという決意表明だった。宗睦は定信政権が倒れた後の政権に、正国を奏者番よりも重い役で閣僚の一人に加えたいと考えている。寺社奉行や大坂城代といった役目だろうと、睦群や正紀は見ていた。

けれども重い病となると、その目算は崩れる。

「どうなりましょう」

「しばらくは、様子見であろう」

宗睦は、どこまで行っても冷徹な政治家だ。情と政は、はっきりと区別した。

そして睦群は、意味ありげな目を正紀に向けた。声を小さくした。

「正国様に万一のことがあったら、次はおまえの出番だ」

「はあ」

それは分かっていたが、もう少し先だと思っていた。

「宗睦様は、おまえにも期待をしている」

どのような期待かは、睦群は口にしなかった。

「おまえが藩主になれば、またしても高岡藩は、尾張一門のままとなる」

「まあ」

「それをよしとする者もいるが、そうでない者もいる」

「………」

事実かもしれないが、それは考えたこともなかった。ただ反尾張派にしたら、面白くないだろう。本家や他の分家から、血縁の者を入れたいと動くかもしれない。誰が当主になるかによって、藩内勢力図は変わる。

とはいえ、正紀には現実的な話だとは感じなかった。

「足をすくわれぬように、気をつけろ」

そう言い残して、睦群は引き上げた。

四

睦群が言った「足をすくわれぬように」という言葉は、正紀の胸に残った。ただ誰が何をしてくるのか、その見当はつかなかった。

松平定信や松平信明《のぶあきら》が、何かをしてくるとは考えにくい。気にはなったが、正紀には正国の病状の方が重要だった。

正国の発作は治まったが、これで終わりにはならない気がした。次にあれば、今回程度の症状では済まないだろう。

倒れて以来ずっと、和は正国の枕元に座って過ごしていた。京が床に入るように勧めたが、聞かなかった。

「何かあるのではないかと、怖いのでございましょう。私もです」

京が言った。

確かに発作は治まった。しかし正国は、この一月《ひとつき》ほどで明らかに弱っていた。おかしいと案じていたところでの発作だった。

和や京だけではない。佐名木も井尻も、浮かない顔をしていた。

正国は公儀の役目を果たし、正紀と佐名木が藩の政を補佐した。しかしその均衡《きんこう》が崩れ始めた。

睦群の言葉は、高岡藩の代替わりで何かひと悶着ありそうだと案じていた。大名家や旗本家の当主の生死は、極めて大きな意味がある。

「いや……」

正国の生死など、考える方がおかしいと、正紀はどきりとした。

翌朝、正紀と京が見舞いに行くと、正国は目を覚ましていた。昨日よりは具合がよさそうだ。和は、寝ている。一昨日の夜からずっと看取りをしたからだ。

「案ずるな、大事ないぞ」

正紀と京の顔を見た正国は、まずそう言った。

「何よりでございます」

京は笑顔で返したが、心の底からは安堵《あんど》をしていない。正国の顔色は、まだ青白かった。

これから何があるか分からないと、正紀も思う。肌の色艶《いろつや》は、奏者番をしていた頃とは比べ物にならない。

「しばらくは、ゆっくりなさってくださいませ」

「うむ」

京の言葉に、正国は頷いた。

正紀は、昨日尾張藩徳川家と浜松藩井上家から見舞いがあったことを伝えた。

「宗睦様は、案じておいでだとか」

「恢復《かいふく》をしていると、文を書け」

「はっ」

「見舞いは今日もあろうが、その方が会うように。いちいち伝えることはない」

「畏《かしこ》まりました」

初めからそのつもりだった。

藩邸外の者に伝えたわけではないが、聞きつけた尾張に関わる大名旗本の家臣が見舞いにやって来た。当主が直々にやって来た家もあった。

「ああいう方々が、財政苦しき折にご助力くだされたら、もう少し楽だったでございましょうなあ」

井尻がぼやいた。

見舞いに来るのは、大名や旗本だけではなかった。出入りの商人も、白絹の反物などを持ってやって来た。どこで耳にしたかは知らないが、さすがに商人は抜かりがなかった。

さらに正紀が驚いたのは、御用達《ごようたし》ではない商人までもがやって来たことである。

応対するのは、井尻だ。井尻は受け取った見舞いの品を、正紀に伝えに来た。

「出入りの商人はかまわぬであろうが、そうでない商人からの品を受け取るのは、まずいのではないか」

「かまいませぬ」

気になったので正紀は告げたが、井尻は胸を張った。

「御用達に加えるのか」

「とんでもございませぬ。すでに決まった商人がございます」

そこからは、金も借りている。簡単には変えられない。

「では、受け取ったままか」

「もちろんでございます」

「………」

「あの者らも、したたかでございます。白絹の一反や二反で、御用達になれるとは思っておりませぬ。顔繋ぎでございます」

井尻は、臆することのない顔で言った。一万石の高岡藩の御用達になったところで、商い高が大幅に増えるわけではない。ただ訪ねて来る商人たちは、大名家の御用達という看板が欲しいのだと続けた。

「何かの折に、考えてやると伝えておりまする」

と続けた。根は小心者だが、利があると見ると図々しいところもあった。

また商人の見舞いがあった。今度は、高岡藩御用の深川伊勢崎《いせざき》町の船問屋庚申《こうしん》屋の番頭桑次郎《くわじろう》だった。歳は五十前後で、鬢《びん》に白いものが目立つ。

その相手をしていた井尻が、正紀のところへやって来た。

「思いがけない話が、出てまいりました」

興奮気味だ。

「どうした」

「武藤兵右衛門らしい者を見たと話しております」

「何と」

これは魂消た。話のついでといった感じで、口にしたらしい。

早速、正紀も桑次郎から話を聞くことにした。庚申屋は、正森の代よりも前から、高岡藩の年貢米の輸送を行っていた。

「三十年前、私は十九歳で手代になって間もない頃でございました」

高岡へは、小僧のときから何度か行っていて、蔵奉行の武藤兵右衛門とは、何度も会っていたというのである。

「どこで武藤の顔を見たのか」

「深川馬場《ばば》通りの、一の鳥居の近くでした」

「よく顔を覚えていたな」

「武藤様の一件は、藩を揺るがす大事件でございましたので、頭の隅に残っていました」

「では、間違いないのだな」

そう詰め寄ると、やや困った顔になった。

「いやそれが」

ためらいを見せた。それでも腹を決めたように、口を開いた。

「歳月を経ておりますので、顔はだいぶ変わっているだろうと存じます」

「それはそうだ」

「すれ違ったとき、顔を見ました。一尺（約三十センチ）くらいの距離です」

「近いな」

「はい。そのとき、誰かに似ていると感じました。誰かと考えて、しばらくしてもしやと思いました」

自分としては武藤だと思うが、絶対ではないと口にした。

「身なりは」

「武家ではなく、町人でした。それなりのお店の主人に見えました」

ならば人違いかもしれないが、三十年の歳月は侍を町人にするかもしれないと正紀は思った。

「どこへ行ったのか」

「鳥居を潜って、八幡様の方へ行きました。でもすぐに人ごみに紛れて」

他人の空似かもしれないという気持ちもあったので、そのままにした。遠い昔の記憶でもあった。

「武藤は、生きているのか」

すでに死んでいるかもしれないと考えたこともあった。そして高坂は、当てにならない話を他で聞いて四谷へ移った。知らせてやるすべはなかった。桑次郎の話も絶対ではないが、正森からは力になれと告げられていた。

五

早朝、四谷鮫ヶ橋谷町《さめがはしたにまち》の安宿を出た高坂市之助は、四谷大通りに出た。大木戸《おおきど》方面に向かって歩いて行く。

幅広の道には、町の者だけでなく武家や町人を含めた旅人の姿が多数見えた。荷を積んだ馬を、馬子《まご》が引いて行く。荷車が、土埃を舞い上げて行き過ぎた。

どこまでも商家が並んでいる。旅籠《はたご》や飲食をさせる店、伝馬《てんま》を扱う店、暮らしの用を担う店など、大小さまざまだ。日除け暖簾が、冬の朝日を浴びている。小僧が通行人を避けながら、道に水を撒いていた。

彼方には、冠雪《かんせつ》した富士のお山が見えた。

武藤兵右衛門を捜して三十年。微かな情報を頼りに、北は出羽《でわ》国から西は播磨《はりま》国まで出向いた。

宿場で人足仕事や荷運び、村では野良《のら》仕事の手伝いもした。喧嘩《けんか》騒ぎに巻き込まれたり、盗人の仲間と疑われ捕らえられたりしたこともあった。空腹や病で身動きできなくなったこともあったが、どうにか生き延びてきた。

武藤への怒りも大きかったが、今はそれだけではなくなった。捜索をやめてしまいたいと思ったことは何度もある。その方がよほど楽だ。追っ手として共に高岡を出た杉田給三郎も、旅の途中で亡くなった。しかし仇討ちをやめることはできなかった。

捜索をやめてしまえば、「己のこれまでの苦しい歳月は何だったのか」という思いに苛《さいな》まれる。

兄太兵衛の妻子は、二十年以上前に高岡を出たと縁者からの文で知った。それは胸を刺す知らせだった。本懐《ほんかい》を遂げるのを、待ってくれていると信じていたからだ。以後、高岡に文を送ることに、張り合いがなくなった。

もう高坂家を再興できるのは、自分だけだ。正森からの仇討ちの許し状がある限り、武藤を討ちさえすれば、高岡に帰ることができる。だが仇の武藤には近づくこともできないまま、今になった。

武藤の顔は、何度か見ただけだ。忘れないように、身の内に憎悪を掻き立てながら、その面貌《めんぼう》を瞼《まぶた》の裏に刻んだ。高坂が何よりも怖いのは、武藤がすでに亡くなっていることだった。

「これまでのすべてが、無駄になる」

返り討ちにされるよりも辛いことだ。

地震のあった翌日、両国広小路で武藤の名を聞き、呼ばれた侍の顔を見た。年頃も合って、顔も似ていた。ようやく巡り会えたと思って気持ちが昂《たかぶ》ったが、早とちりだった。

あのとき、自分を憐れんだらしい身分のありそうな若侍が、五匁銀をくれた。その銭で、久しぶりに煮売り酒屋で安い酒を飲んだ。

同じ縁台で飲んでいた行商人ふうが話した言葉が、耳に残った。

「利根川沿いの大名家の元家臣が、四谷で町人になって商いをしている」

というものだ。その男の歳を訊くと、五十代後半だそうな。

酔っぱらいのあやふやな話だ。当てになるものではないが、そういうあやふやな情報を頼りに仇捜しをしてきた。他に手立てがなければ、そうやって捜すしかなかった。

若侍から貰った五匁銀の残りと、蕎麦屋の吾作と荒物屋の金兵衛から貰った餞別で、今は何とか過ごせていた。粗末な旅籠の大部屋でも、屋根と寝床があるのはありがたい。

楽しみは、旅をしていて目にした花や草木を反故紙の裏に描くことくらいだ。それを金兵衛に認められたのは嬉しかった。

「利根川沿いの大名家のご浪人ねえ。捜せばいそうな気がするけどねえ」

と答える者はいた。しかしどこの誰と言える者はいなかった。そしてやっと昨日の夜、旅籠内で四谷忍町《おしちよう》の印判《いんばん》屋の主人が元武士だと教えられた。越中《えつちゆう》から来た薬売りからだ。

「下総のどこか、と言っていたような気がするが」

そこで薬を売って、隠居と話をしたのだ。

高坂は忍町に入り、印判屋の前に立った。間口二間もない小店《こだな》だ。店の奥を覗くと、小柄な職人が印彫りをしていた。

体つきは違うが、顔を見なくては分からない。体は痩せることもある。顔を上げるのを待った。両国広小路でしくじっているから、慎重になっていた。

そしてようやく顔を上げた。

「ああ」

似もつかない顔だった。三十年経てば変わるだろうが、それでも違うと分かった。

念のため自身番へ行って尋ねた。

「下総小見川《おみがわ》藩のご浪人ですね」

と言われた。利根川沿いだが、高岡よりも川下にある土地だ。

「武藤兵右衛門なる名は、存じておらぬであろうな」

念のために、初老の書役に訊いた。

「その名は聞いたことがありませんが、元武家の町人は他にもいますよ」

と教えられた。

「そ、そうか」

思いがけない成り行きだ。どうせまた違うだろうという予感はあったが、そう言われたら確かめに行かざるをえない。

同じ忍町の湯屋で釜焚《かまた》きをしているそうな。八助《はちすけ》と名乗っている六十歳近い者だとか。釜焚きというのは魂消たが、ともかく様子を見に行くことにした。年齢だけでいえば、合わないわけではない。

湯屋はすぐに分かった。裏手に回って、釜場の様子を見ることにした。

木戸は開けたままになっているから、仕事をしている姿は、すぐに見ることができた。燃える釜に、薪を投げ入れている。釜では赤い炎が、生き物のように蠢《うごめ》いていた。

「やはり」

遠くからだが、横顔を見ただけですぐに違うと分かった。とはいえ、それでめげたわけではなかった。三十年間、失望ばかりしてきた。ともあれ話しかけてみることにした。

侍をやめたというところに、気持ちが引かれた。何であれ、一つの場所に腰を落ち着けて暮らしている者だ。

「武藤兵右衛門なる元高岡藩士を捜しているのだが」

と伝えた。

「仇討ちか」

「さよう」

「長そうだな」

高坂の身なりを、頭から足のつま先まで改めて見てから言った。憐れむ気配があった。

「武藤も、高岡藩というのも、知らないが」

とそっけなく答えた。

「こちらには、長いのでござろうか」

四谷で暮らすようになったのは、十年くらい前からだそうな。

「仕官の口を探していたが、どこにもない。疲れてな、もう何でもいいから、どこかに落ち着きたいと思った」

そのとき雇ってくれた湯屋で、釜焚きをするようになった。初対面の相手だが、三十年仇を捜していると話すと、自分の話もしてよこした。

日焼けした相手の顔にある皺《しわ》は深い。自分もそうかと、どきりとした。「どこかに落ち着きたい」気持ちは、よく分かった。

「このあたりは、いろいろなやつがやって来た。仕官の口を探す浪人だけでなく、渡世人や無宿者、仇討ちや仇持ちなどもやって来た」

その予想はつく。両国橋の東西の袂の広場にも、仇討ちも含めて、人を捜そうという者たちが集まってきていた。だから先日までは、念入りに探っていた。

「四谷界隈で、そういう者が集まるのはどこであろうか」

「そうだな」

呟いてから、すぐに思いついたらしかった。

「銭があったら、女郎屋へ行く。女が恋しくなるからな。鮫ヶ橋谷町には、安い女郎屋があるじゃあねえか」

それは知っていた。柊《ひいらぎ》屋という見世に、東吉《とうきち》という六十も半ばを過ぎた爺さんがいるとか。

「爺さんは、生まれたときからここにいる。何か知っているかもしれねえぜ」

と教えてもらった。

そこで高坂は鮫ヶ橋谷町へ戻って、女郎屋街へ行った。柊屋はすぐに分かった。まだ昼見世の刻限になっていないらしく、女が数人で日向ぼっこをしながら話をしていた。

東吉に会えないかと告げると、裏口へ行けと返された。裏木戸へ行くと、斧《おの》で薪を割っている老人がいた。やや腰が曲がっている。

「利根川沿いに、高岡藩というものがある。ご存じか」

高坂は頭を下げてから、問いかけた。東吉はいきなり何だ、という顔をしたが追い返すわけではなかった。

「下総高岡藩は、聞いたことがあるぞ」

東吉は、やや考えるふうを見せてから応じた。

高坂は、それくらいでは喜ばない。調子の良い話で、ぬか喜びを幾たびしたことか。

「いつ頃の、どのような話でござろうか」

「そうだな、十六、七年くらい前に、柊屋で用心棒をしていた浪人がいた。あんまりてめえのことは話さなかったけど、何かの折に高岡の話をした」

どうしてそのような話になったか、そのあたりは覚えていない。大昔のことだ。

「浪人の名は」

「それは覚えている。有働兵之助《うどうひょうのすけ》とかいっていた。本当かどうかは、分からねえけどよ」

似ている名だと思った。

「それがしが捜しているのは、武藤兵右衛門という者でござる。武藤の体には、疱瘡を病《や》んだ後の瘢痕《きずあと》が、肩から背中にかけてありまする」

「さあ、そんなものは見ねえが」

と言った後で、「ああ」と続けた。

「見た者がいるかもしれねえ」

「どういう御仁でござろう」

牡丹《ぼたん》という女郎屋のやり手婆で、十六年前には見世に出ていた者だそうな。有働兵之助は、牡丹に出入りをしていたとか。

そのやり手婆に会った。東吉が、付き合ってくれた。女は、牛蒡《ごぼう》のように浅黒い痩せた体つきをしていた。

「そういえば、来たねえ」

しばらく考えてから、そう答えた。十六年という歳月は、やはり重い。

「背中に、疱瘡の痕《あと》があったはずだが」

「そういえば、あった。あの人、しきりに気にして、人には言わないでくれって余分な銭をくれたっけ」

「そうか」

久々に、腹の底が熱くなった。十六、七年前に、鮫ヶ橋谷町に武藤兵右衛門がいた可能性が出てきた。

「他に、どのようなことを覚えているか。高岡藩にいたはずだが」

「さあ、覚えちゃあいないよ。高岡藩なんて、口にしたことはなかったねえ」

さらに尋ねたが、取り立てのことは思い出さなかった。覚えていたのは、酒を飲んだとか、そういうことだけだった。

これだけではどうにもならないが、武藤の具体的な足取りらしいものを摑んだのは初めてだった。

六

「旦那」

本所の北澤屋敷を見張らせていた手先の岩助が、六日の暮れ六つ（午後六時）過ぎになって山野辺のもとへやって来た。

ここ数日、大志田参之助や千寿のことは、そのまま任せきりになっていた。無茶な荷の置き方をする者が増えて、荷主や通行人の間で悶着が起こるようになった。置いたままにしていた荷が、盗まれるという出来事もあった。

高積みの取り締まりが主な仕事だが、積み荷に関わる悶着を持ちかけられると、知らぬふりはできなかった。

「どうした」

「北澤家の用人衣山が、越路屋の番頭独楽次郎と二人で会いました」

「そうか」

女衒の俣蔵はいない。北澤家と越路屋が、直に繋がっていることになる。場所は東両国の居酒屋だったそうな。

「あっしも中に入りやした。聞き耳を立てたんですがね」

店は混んでいて、隣には座れなかった。二人のやり取りは、ごくたまにしか聞こえなかった。

「耳に入ったのは、どのような言葉だったのか」

「あの若侍、とかいうのがあって、それから蠅《はえ》のようにうるさいとか。始末というのも、独楽次郎が口にしていました」

「若侍は、参之助のことであろうか」

「そうかもしれません」

となると参之助は、三十三間堂町の越路屋を探り出したことになる。参之助は、山野辺屋敷を抜け出したときには越路屋を知らなかったはずだ。

「千寿がいるかどうか、探ろうとしているのだろう」

深川には少なくない数の女郎屋があるが、参之助はしぶとく聞き込んだものと察せられた。

二の腕の傷はおそらく完治していない。それでも動き回って越路屋まで辿り着いたのは、千寿への思いの深さを示している。

「うるさい蠅の始末となると、若侍を殺そうという算段だな」

「その打ち合わせかもしれやせん」

二人は半刻（一時間）ほど飲んで、引き上げたとか。酒肴《しゅこう》の代は、独楽次郎が払った。

参之助は焦っている。越路屋を探るにしても、どのようなやり方をしているのか。先日のやつらの襲い方からして、危なっかしく感じた。

八丁堀の山野辺屋敷を抜け出した参之助がまず行ったのは、深川佐賀《さが》町の旅籠佐原《さわら》屋の前だ。大川に近い、油堀《あぶらぼり》河岸にあった。

そこは女衒の俣蔵が、江戸へ出てきたときに定宿にしている場所だった。

ここを知ったのは、前に衣山と俣蔵が馬橋家を訪ねて来た時である。衣山とやって来た俣蔵が女衒だというのは、状況や風貌《ふうぼう》からして確かめるまでもない。

「千寿を値踏みに来たのに違いない」

俣蔵という名は、後で兄の松之丞から聞いた。衣山がそう呼んだのである。衣山とは途中で屋敷から出てきたところで、後をつけた。怒りで体が震えていた。このことは、機会がなくて山野辺には話せなかった。

山野辺屋敷を出て、まず佐原屋へ来たのは、千寿がここにいると考えたからだ。しかし旅籠の女中に訊いてみると、俣蔵が一人で泊まっていることが分かった。その日は、動きがなかった。そこで次の日も見張った。すると朝のうちに、旅姿で旅籠を出てきた。一人だった。

後をつけると、仙台堀《せんだいぼり》から繰綿《くりわた》を積んだ荷船に乗り込んだ。訊くと関宿《せきやど》へ向かう船だった。

「ならば千寿は、どこへ運ばれたのか」

二の腕の傷には、ずんとした痛みがある。しかしそれをかまってはいられない。千寿は、身に降りかかるこれからの日々に怯え、体を震わせているだろう。

手当てのときに貰った軟膏《なんこう》と布は、山野辺の屋敷を出るときに持ってきた。安旅籠に泊まって、自分で手当てをした。山野辺屋敷に戻る気持ちにはならなかった。

あの日馬橋屋敷から連れ出された千寿は、どこかの女郎屋へ運ばれたと考えた。

「俣蔵の江戸での足取りを探るしかない」

まずは深川から女郎屋を探ることにした。どこという目当てがあるわけではない。

旅籠の者に女郎屋街を聞いて、片っ端から廻ることにした。

行ったのは永代寺門前山本町の、裾継と呼ばれる界隈だ。まず大きな見世の出入り口にいた男衆に問いかけた。

「知らねえな。俣蔵なんて野郎は」

けんもほろろといった対応だった。手を振って追い払われた。野良犬《のらいぬ》の扱いだった。

武家でも銭のなさそうな部屋住みふうは、相手にしていなかった。

それで次は、張見世にいる女郎たちに訊くことにした。

「お侍さん、男前だねえ」

優し気な声をかけてきた。媚びるような目だ。しかし問いかけをすると、表情が変わった。

「何だい。遊びに来たんじゃあないのかい」

邪険な物言いになって、蔑《さげす》むような目を向けた。

しかしそういう者ばかりではなかった。尋ね始めて五人目だ。

「何で女衒なんて、捜すのさ」

女が、逆に問いかけてきた。

「知り合いが連れていかれた」

「あんたの、これかい」

小指を立てた。隠しても仕方がないので、頷いた。

「駄目だよ。女衒が連れて行った女を追いかけちゃ。もうどうにもならないんだからさ」

と決めつけられて、胸が痛んだ。それは、気持ちのどこかで分かっていた。無法なことをしようとしている。それは分かっていても、どうにも治まらない自分がいた。

千寿は体調がよくない。それを思うと、胸が張り裂けそうになる。

「いや、それでも捜したいのだ」

それを聞いて、女がどう思ったかは分からない。ただ邪険にする気配だけはなくなった。

「俣蔵は、ここへは来ていない。でも顔を出している見世は何軒か知ってる」

三軒の見世の名を挙げてくれた。

それらの見世へ行っても、おおむね相手にされない。しかし女郎だけでなく、裏へ回って下男ふうの老人やまだ客を取らされていない十歳くらいの娘に問いかけた。

「何をしていやがる」

男衆に脅されることもあったが、あきらめずに尋ね歩いて、三十三間堂町へ辿り着いた。

「あそこは、俣蔵が出入りをしている。武家娘が多いよ」

と告げられた。まず張見世を覗いた。そこには千寿の姿はなかった。張見世の女たちを見ていると、確かに雰囲気が微妙に違う者がいた。

「あれは武家の出だ」

と感じた。

「新しい、武家の娘が入りませんでしたか」

たまたま声をかけてきた女に訊いた。女は、「えっ」という顔をした。そしてすぐ、怒った顔になった。

「そんなことを聞いて、どうするんだよ」

「いや、それは」

これも胸に響く問いかけだ。女郎屋へ押し込んで奪い返すなど、口にできるわけがない。

「あたしと遊べばいいじゃないか。あたしの方が、ずっといいよ」

女は参之助の問いかけについての答えを持っているような気がした。

「つい数日前に、来たはずなんだが」

「ふん、知らないよ。遊ばないなら、あっちへお行き」

とやられた。

しばらくしてから、他の女にも同じ問いかけをした。

「見世に出ていない女のことなんて、訊くんじゃないよ」

しゃがれた声で、どやされた。二人とも、何か知っていて隠している気がした。

「ここではないか」

と参之助は判断した。もう他には廻らず、しばらくは越路屋だけを探ることにした。

この夜も、参之助は越路屋を見張っていた。

「あの建物の中に、千寿がいる」

そう考えるだけで、胸が張り裂けそうになった。万一にでも一人で外に出てきたら、攫ってゆく覚悟だった。裏手にも回った。

町の喧騒《けんそう》など、耳に入らない。

何度も見ているから、建物の様子は分かっていた。裏木戸のあたりに立った。忍び込んでみようかという気持ちになった。裏の路地は闇に覆われて、人の気配がない。取っ手に手を伸ばした。

「おい」

闇の中から、いきなり声をかけられた。殺気を孕《はら》んだ男の声だ。びくりとして、動かしていた手を止めた。

現れたのは、頭巾を被った侍だった。闇でも建物から漏れる明かりで、体の輪郭は分かった。咄嗟《とっさ》にそれが、衣山だと察せられた。

左の二の腕の傷は、まだよくなっていない。刀を抜いて渡り合える相手でないのは、明らかだ。

参之助は、頭巾の侍とは反対の方向へ駆けた。戦うつもりはない。

足には自信があったが、振動で二の腕に痛みが走った。しかしかまってはいられない。侍も追いかけて来る。

振り返るゆとりもなかったが、足音で徐々に近づいてくるのが分かった。人気のない油堀河岸で追いつかれた。

頭巾の侍が、刀を抜いた。

仕方がなく、参之助も刀を抜いた。右手だけで、柄《つか》を握っている。

「くたばれ」

一撃が飛んできた。手が痺《しび》れたが、かろうじて払うことができた。とはいえ、体の均衡は崩れていた。

次の一撃は躱せない。これで終わりかと思ったところで、駆け寄ってくる足音があった。

「おおっ」

仰天した。山野辺と手先の者だったからだ。侍は逃げた。

第三章　三十三間堂

一

正国が倒れて四日後、小康状態のまま朝を迎えた。正紀も京も、薄氷を踏む思いで過ごした。

「このまま快方に向かわなければ、和さまも病に臥《ふ》せるかもしれませぬ」

京が言った。気ままに暮らしていた和が、正国の看病に専念している。和にしたら、これまでにない暮らしだろう。

「食が細くなりました」

京はそれを案じている。

この日もどこかで聞きつけたらしい見舞客があったが、思いがけない人物が現れて、正紀と京も仰天した。

正森である。正森は亀戸《かめいど》にある下屋敷には出入りをしている。昔ながらの家臣がいて、そこから藩の情報を得ていた。

あらかたのところでは無視をする。一揆があったときでさえ、何も言ってこなかった。井尻や一部の家臣が正森を嫌っているのは、そういうこれまでがあるからだ。

正紀にしても、不満がないわけではない。

「倒れたと聞いたが、快癒《かいゆ》何より。そなたも、疲れたであろう」

正国と対面した後、和にねぎらいの言葉をかけた。正森も、娘の和には情があるようだ。

正紀には、いつもの仏頂面《ぶっちょうづら》だった。

「高坂市之助には、金子を渡せたか」

面と向かって、まずはそう言い放った。

「いえ、まだ」

「ぼやぼやするな」

と叱られた。正紀は、高坂が四谷へ移ったらしいこと、そして船問屋庚申屋の番頭桑次郎が仇の武藤らしい者を深川馬場通りで見かけた話をした。

「ならば四谷から、深川へ探索の手を回らせればよいではないか」

正森は当たり前の顔で口にした。

「はあ」

容易なことではないが、それを話して分かる相手ではなかった。

「できぬと言っていたら、何もできぬ。知恵を働かせよ」

言い残して、正森は屋敷を後にした。やって来て帰るまで、半刻に満たない訪問だった。

ともあれ正紀は、篠原猪三郎を伴って深川へ向かった。武藤の顔を見ている者だ。

正森の命もあるが、金子はできるだけ早く渡してやりたかった。

「馬場通り一の鳥居近くを歩いていたのが武藤だとしても、それだけで捜せというのは、無茶でございます」

篠原は、不満を口にした。

「まあ、そう言うな」

「そもそも最初にあった高坂太兵衛の訴えを受け入れて、早々に念入りなお調べをなさっていたら、このようなことにはなりませなんだ」

篠原は、正森を非難し、さらに続けた。

「今の藩内で、武藤の顔が誰よりも分かるのは、大殿様ではございますまいか」

「なるほど、そうかもしれぬ」

「自ら、お捜しいただいてもよろしいかと」

原因を作ったくせに、命じるだけで何もしない。それも面白くないのだろう。

捜す手掛かりが、まったくないわけではなかった。武藤には、幼少の折に疱瘡に罹《かか》って、肩と背中に瘢痕《きずあと》がある。しかし怪しいからといって、いちいち脱がせて検めるわけにはいかない。瘢痕がどのようなものか、見た者もいない。話として聞いただけだ。

「湯屋を当たってはどうか」

正紀は思いつきを口にした。嫌でも裸になる。

「しかし湯屋なぞ、いくつもありますぞ」

「それはそうであろうが、あるのは一つの町にせいぜい一つか二つだろう」

早速、深川界隈を当たった。篠原が、番台の番頭に問いかけた。

「疱瘡の痕がある方は、たまに見えます。ただ六十年配の商人ふうとなると、見かけませんね」

あっさり言った。そして続けた。

「体に目立つ傷がある方は、湯帷子《ゆかたびら》をお召しになります」

そう言った番頭もいた。疱瘡の痕がある者だけではない。彫り物や痣《あざ》などを隠すためにも用いる。しかしそれらは、一つ一つ当たっていかなくてはならなかった。

五軒目の湯屋で、ようやく湯帷子を身に着けて湯に入る老人の話を聞けた。住まいを聞いて二人は出向いた。

「私に何かご用か」

金壺眼《かなつぼまなこ》の老人が現れた。その顔を見た篠原は、首を横に振った。

「まるで違う顔です」

訊くと疱瘡ではなく、刃物傷の痕だと知らされた。見せてくれとは言えないから、信じるしかなかった。

深川の西から始めて十数軒訪ねたが、武藤らしい者は現れなかった。疱瘡の痕がある者はいたが、歳や外見がまったく合わなかった。

「まともな商人ならば、湯に入らないわけがない」

そう信じて聞き込みを続けた。

町では煤竹《すすたけ》を商う振り売りが現れ始めた。年の瀬になって、どこの家でも煤払いの大掃除をする。一年のけじめだ。そのためには、一年の埃を払う煤竹がなくてはならない。

高岡藩上屋敷でも、煤払いの日にちが決まった。表も奥も、日にちを合わせて行った。正紀も京も、襷《たすき》掛《が》けになる。

二

正紀の命を受けた源之助は、植村と共に四谷大通りへ出た。

「金子三両を、まだ高坂殿に渡せていないのが、ご不満だったようで」

源之助は歩きながら、正紀から聞いた話を植村に伝えた。

「勝手ですなあ」

植村は正紀と共に高岡藩に移った者だから、正森からの恩顧は受けていない。思ったことを口にしていた。

四谷大通りにも歳末の慌ただしさがある。年内に国許へ帰ろうとする者があり、年の瀬に江戸でひと稼ぎしようという者がやって来る。椋鳥《むくどり》と呼ばれる者たちだ。そして一部の商家では、年内に在庫の品を売り切ろうと安売りしているところもあった。

「何にしても、利根川沿いにある大名家の元藩士を捜すのは、雲を摑むような話ですな。高坂殿を捜すのもたいへんです」

植村がぼやいた。少なくない人が歩いている。高坂はどうやって、武藤を捜そうとするのか。源之助はそこを考えて歩いていた。

「一つだけ、思いついたことがありまする」

「何でしょう」

手立てが浮かばないらしい植村は、ほっとしたような顔を向けた。

「高坂殿は、旅籠に泊まると存じます」

「銭がなければ、野宿もありましょうが」

「正紀様が、五匁銀をお与えになりました。隠居の金兵衛からも、餞別を得ています」

「なるほど。ならば安そうな旅籠から当たるとしますか」

とはいえ、甲州《こうしゅう》街道の起点でもある四谷界隈には、旅籠は少なくない。表通りだけでなく、裏通りにもあった。

まず目についた中で一番安そうな旅籠へ行って、高坂市之助という名と年恰好を伝えて訊いた。

「さあ、そういう方は逗留をなさっていません」

出入り口の土間で、箒《ほうき》を使っていた中年の女中が答えた。さらに四谷界隈で、安い旅籠を挙げてもらった。

五軒目に行ったのが、鮫ヶ橋谷町の旅籠だった。

「これは、安そうですね」

源之助が、憐れむような声で言った。初めは崩れかけた古家に見えた。あの地震で倒壊しなかったのが不思議なくらいだ。屋根にある傾いた木看板だけが、旅籠であることを伝えていた。

敷居を跨ぐと、番頭とも下男ともとれる尻端折《しりはしょ》りした中年の男が相手をした。

「ええ。ご浪人で、高木《たかぎ》市之助様という方がご逗留です」

十一月二十九日からだ。一番安い、相部屋だそうな。

「苗字を一字変えていますが、これですな」

植村が頷きながら言った。

思いがけず早く捜せたが、今は出かけているとか。戻るのを、待つことにした。

鮫ヶ橋谷町の女郎屋街にある女郎屋には、二十年近く前から男衆として働いている老人が何人かいるという。先に話を聞いた柊屋の東吉から、高坂はそういう者の名を教えてもらった。

　覚えていないならば仕方がないが、思い出すことがあるならば、どのような話でも聞いておきたかった。

　東吉の名を伝えてから訊くので、一応、相手にしてくれた。しかし一人目は、「知らねえな」で終わりだった。

　身なりが貧しいから、町人でも高坂に舐めた口を利く者がいる。今となっては、腹も立たなくなっていた。

「そういえば、そういう浪人がいたっけ」

　二人目の老人は覚えていた。とはいえ十六年前の話である。凄腕の用心棒、というくらいのものだった。

「どのくらいここにいたのであろうか」

　話をしていると、ふと思い出すことがある。それを願って問いかけを続けた。何かの言葉が、有働兵之助のその後の行方に繋がるかもしれない。

「さあ、一、二年じゃあないかね」

「いなくなったのには、わけがあったのでござろうか」

「いつの間にか、いなくなったようだが」

誰も気に留めた者はいなかった。女郎屋の用心棒など、しょせん流れ者だ。立ち合った相手の腕が上で斬られてしまえば、無縁仏として投げ込み寺へ運ばれるだけである。

東吉から教えられた三人の老人からは、得られるものはなかった。やはり話を聞くならば、牡丹のやり手婆しかないと高坂は考えた。

焼き芋を一本買って訪ねた。与える銭はない。そろそろ旅籠賃も危うくなってきていた。昼飯は、井戸で水を飲んで済ませた。

「何だよ。そんなしみったれたものを持って来て」

やり手婆は高坂を覚えていた。差し出された焼き芋を目にして、舌打ちをした。精いっぱいの品だったが、気に入られなければ仕方がない。

引き上げようとしたところで、声をかけられた。

「しょうがないねえ」

焼き芋を受け取ると、一本を半分に割って、片方を寄こした。

「食べ終わるまで、話をしてあげるよ」

裏手の薪置き場で、焼き芋を齧りながら話を聞くことにした。すきっ腹だったから、焼き芋は美味い。甘くてほくほくだ。一気に食べたかったが、高坂は我慢をした。

「有働兵之助なる浪人は、一、二年でいなくなったとのことでござるが、何かわけがあったのであろうか」

「そんなこと、知らないよ」

急にいなくなって、それきりだった。もちろん行き先も分からない。

「誰か、親しくしていた人はいないのか」

「あの人はいつも一人で来たけど、一度だけ誰かとやって来たことがあった」

思い出そうという顔だ。芋を一口齧って、ああという顔になった。

「誰か」

「詳しいことは覚えていないけど、同い年くらいの、どこか商家の、主人か番頭だったと思うよ」

名は分からない。そもそも関心はなかったようだ。

「そのへんは、柊屋の東吉さんの方が詳しいんじゃないかい」

これで焼き芋は、食べ終わってしまった。

「さあ、ここまでだね」

手についた焼き芋の滓《かす》を払って、建物の中に入ってしまった。仕方がないので、もう一度東吉を訪ねた。

「何だよ、またかね」

東吉は、呆れた顔をした。

「他に、尋ねる相手がいないのだ」

弱気な声になった。せっかく十六年前に、武藤らしい者がいたと分かった。しかし
それだけでは、事が進展したことにはならない。

「有働殿と親しくしていた、商家の主人か番頭がいなかったであろうか」

「どうだったかねえ」

腕組みをして考え込んだ。

「そういえば」

しばらく口の中でぶつぶつ何か言って、それが声になった。

「親しかったかどうかは知らないが、何度か訪ねて来たり一緒にいたりするのを見たな」

「商家の旦那ふうですな」

「そうだ」

「誰か分かりますか」

「この町の者ではなかった気がする」

「屋号や名はどうですか」

「ううんと、そうそう越路屋とかいったな。名は総左衛門とか昌左衛門《しょうざえもん》とかいった」

「その人は、今でも界隈に顔を見せることがありますか」

「有働の旦那がいなくなったら、顔を見せなくなった」

「噂も耳にしないわけですね」

「そうだ。あの人を訪ねて来ただけだ」

鮫ヶ橋谷町の者ではなくとも、そう遠くない町の者ではないかと高坂は考えた。越路屋は、武藤兵右衛門だと思われる有働兵之助がいなくなる直前まで関わりを持っていた。

鮫ヶ橋谷町を出てからも、付き合いがあったかもしれなかった。

となれば、有働がここからどこへ移ったか知っている可能性があった。女郎屋街へはたまに来るだけの堅気の者ならば、女郎や男衆に訊いたところで捜せないだろう。

そこで高坂は、四谷大通りへ行って、最初に目についた自身番へ入った。

「越路屋という屋号の店が、町内にあるであろうか。主人の名は、総左衛門とか昌左衛門という。何を商う店かは分からぬが」

「はて、そのような屋号は聞きませんね」

中年の書役は、首を捻《ひね》った。あれば自身番の書役ならば、たとえ裏通りの小さな店でも分かると付け足した。

「そうであろうな」

すぐに見つけられるとは思っていない。四谷大通りに面した町の自身番に入って、片っ端から問いかけをした。

「似たような屋号や名でもよいのだが」

東吉の記憶が、完璧とは思えない。

「大越屋《おおこしや》さんならばありますよ」

と言われたが、主人の名は長五郎《ちょうごろう》だった。

結局越路屋も総左衛門と昌左衛門の名にも出会わぬままに暮れ六つの鐘が鳴ってしまった。

昼飯と呼べるのは、焼き芋半分だけだった。すきっ腹を抱えて旅籠へ戻ると、いつぞやの若侍の供二人がいて驚いた。

三

「ほう、そうか。高坂に会えたのは何よりだ」

正紀は源之助と植村からの報を聞いて、二人をねぎらった。安旅籠を捜したのは、源之助らしい知恵だ。

有働兵之助と名乗った侍について、高坂が調べた内容についても詳細を聞いた。

「武藤かどうかは決められぬが、その公算は大きい。ここまで辿り着けたのは、高坂の執念だな」

腹を空かせて帰ってきたようなので、晩飯を食べさせたとか。明日は朝から三人で越路屋を捜すと言うので、正紀も探索に加わることにした。正森から預かっている三両も、手渡さなくてはならなかった。正国も幸い小康を保っている。

このことは、京にも伝えた。

「四谷を、ただ訊いて廻っただけでは高坂に辿り着けなかったでしょう。さすがです。佐名木は、良い跡取りを得ました」

「それはそうだな」

このことだけではない。供を始めたときから比べると、世間のことも分かってきて使えるようになった。

「三十年というのは、途方もない歳月です。出会わせてやりたいものです」

事件があったのは、正紀も京も生まれる前の話だ。

「人の思いとは、歳月を越えるのでございますね」

京の言葉が、耳に残った。

翌朝、正紀は源之助と植村を伴って鮫ヶ橋谷町の旅籠に出向いた。

「勝手に長屋を出、ご無礼をつかまつりました」

高坂は神妙に頭を下げた。

正紀は、正森から預かっていた金子三両を手渡した。

「大殿様の思し召し、ありがたきことでございます」

高坂は、恐縮のていで金子を受け取った。かつてはもっと早く手を打ってくれていたらと恨んだこともあったが、今となっては忘れられていないだけでもありがたいと言った。

「首尾よく武藤を討って、本懐を遂げてもらいたい」

武藤が生きていることを願いながら、正紀は言った。話を聞いて、京が最初に口にしたのも、このことだった。

「ははっ」

「越路屋の総左衛門か昌左衛門なる者を、捜さねばならぬ」

一口に四谷界隈と言っても広い。またそれ以外の土地かもしれない。とはいえ、当たってみるしかなかった。

四人は手分けをして、四谷大通り界隈だけでなく、鮫ヶ橋谷町の周囲の町を当たることにした。

成果があろうとなかろうと、九つ（正午）には鮫ヶ橋谷町の旅籠で落ち合うことにした。正紀は四谷大通りではなく、鮫ヶ橋谷町《さめがはしたにまち》の南、鮫ヶ橋北町や表町《おもてちょう》あたりから聞き込むことにした。

武家屋敷に囲まれた鄙びた町である。

自身番へ行って問いかけをした。正紀の身なりは悪くないから、書役は丁寧な対応をした。

「今ある屋号とは限らぬ。しかし十五、六年前にあったのは間違いない」

「さようで」

自身番では、古い綴りを当たらせた。鮫ヶ橋北町にはなかった。徐々に南に移って、権田原三軒家町《ごんだわらさんげんや》の自身番で成果が現れた。

「ありました。越路屋さんという油を商う店でした。主人の名は、総左衛門さんです」

初めは記憶になかったらしいが、綴りをめくって思い出したらしかった。間口三間(約五・四メートル)の小さな店だったと付け足した。

「そうか」

小躍《こおど》りしたい気持ちを抑えながら、問いかけを続けた。

「今はないのだな」

「はい」

「いつからだ」

「十六年前からでございます」

記録の綴りをめくって確かめた。そうなると、有働と共に同じ頃姿を消したことになる。書役は有働を知らなかった。

「ただ、お侍と歩いている姿を見かけたことはありました」

とは言った。

「越路屋の商いは、どうだったのか」

「詳しいことまでは分かりませんが、よくはなかったと思います。何しろあの頃に、店を畳んでいますから」

「女房や子どもは」

「いました。綴りには、一緒に出たことになっています」

「行き先がどこか分かるか」

「分かります」

書役は、綴りに目を落とした。

「駒込片町《こまごめかたまち》ですね」

「ほう」

これは驚いた。井上家の菩提寺浄心寺の近くだ。

九つになって、正紀は源之助と植村、高坂と鮫ヶ橋谷町の旅籠で落ち合った。

「越路屋総左衛門と会えれば、武藤の話を聞けますね」

正紀の話を聞いた高坂は、目を輝かせた。有働は、気持ちの中ではすっかり武藤になっているらしかった。

源之助ら三人は、有働兵之助及び越路屋総左衛門に関する役に立ちそうな情報は得られなかった。昼飯を済ませて、四人は駒込片町へ足を延ばした。

駒込片町は、武家地と寺に囲まれた鄙びた町だ。通りかかった町の者に訊くと、越路屋という屋号の店はないと告げられた。

「総左衛門という名も、聞いたことがありませんね」

自身番へも行って尋ねた。この町に、越路屋総左衛門はいない。書役は、自身番に詰めるようになったのは十年ほど前からだと言った。総左衛門がこの町に住んでいたとしても、顔を見ていない。

念のため、綴りで調べさせた。

「ああ、いました。十六年前に、この町に住んでいました」

小さな借家へ入ったのだとか。

「ですが三月《みつき》ほどで、この町を出ています」

「そうか」

失望は大きかった。

「女房子どもは、どうしたのか」

「それについての記述は、ありません」

「どういうことか」

「この町で暮らしていたら、記述があるはずです」

女房と子どもは、駒込片町に移り住む前に離縁か別居をしたことになる。親族や、浪人有働兵之助に関する記述はなかった。

「それにしても、三月で移るとは妙ですね」

源之助が言った。何かわけがありそうだとは思ったが、綴りにはそうした事情は記載されていなかった。一緒に詰めていた大家も、分からないと言った。

「この町を出た総左衛門は、どこへ行ったのか」

「浅草新町《しんちょう》だとあります」

「山谷《さんや》堀の北ですね。だいぶ離れています。逃げたようにも感じます」

植村が言った。

浅草新町へ行く前に、総左衛門が借りていたしもた屋へ行って、近所で話を聞いた。何軒かで訊いたが、十六年前に三月しか住まなかった者である。覚えていたのは、隣家の女房一人だけだった。

「ほとんど話なんてしなかったですけどね。会えば頭くらいは下げました」

「武家が顔を見せたことは、なかったであろうか」

「そういえば、見たような気がします。寝起きもしていたような」

うろ覚えだとしながらも、女房はそう言った。

四

山野辺は、三十三間堂町の女郎屋越路屋を探って襲われた参之助を、八丁堀の屋敷へ連れ帰った。

刀を握らざるをえなかったとはいえ、それは怪しまれるようなことをしたからに他ならない。おかげで、塞《ふさ》がりかけていた左二の腕の傷口も、また開いてしまった。そして高熱を出した。

「言わぬことではない。しばらくは、安静にしろ」

山野辺の言葉に、参之助は唇を嚙んだ。衣山とおぼしい頭巾の侍と刀を交え、歯が立たなかった。

今の己の非力さが、身に染みたのかもしれない。

とはいえ、それで怯《ひる》んだのではなさそうだった。嚙みしめた唇は、心中の決意を表していた。だから今回は、逃げ出せないように屋敷の下男を見張りにつけた。

そもそも参之助がしようとしていることは、不法だった。

「どうしたものか」

山野辺は困惑していた。気持ちは分からなくはないが、後押しはできない。証文が越路屋へ渡っているならば、そこにいたとしても千寿は参之助が手を出してはいけない存在になっている。

ただ高利の金を、北澤大膳から借りたことが源になっている。阿漕な貸し方さえしなければ、このような事態にはならなかった。

棄捐の令以後、少なくない小旗本や御家人が困窮《こんきゅう》している。北澤は高利で得た金で、私腹を肥やしていた。

山野辺は岩助に、無理はするなとした上で、越路屋の様子を見に行かせた。

三十三間堂町の女郎屋街へ行った岩助は、越路屋の女を買った。昼見世の刻限である。お茶を挽《ひ》きそうな女を選んだ。その方が、話を聞きやすいと踏んだからだ。

お多福顔《たふくがお》で、小さな鼻が上を向いている女だ。

花代《はなだい》は、山野辺から預かっていた。外で見張るよりは、はるかに楽な役目だ。どんな女でも、楽しむことはできる。

その女に、さらに銭をやって問いかけた。

「先月の地震の翌日に、俣蔵が来ていたな。いい女でも連れて来たのかい」

いかにも女目当てといった言い方をした。馬橋家から千寿が連れ出された日だ。その日俣蔵が、越路屋へ来たかどうかの確証はない。試してみたのだ。あれこれ問われたら、笑ってごまかすつもりだった。

「あんた、俣蔵さんを知っているのかい」

「親しいわけじゃあねえが、いい女を連れてくるってえのは聞いたことがあるぜ」

舌なめずりをして見せた。

「あんた、好き者だねえ」

女は、岩助に体をすり寄せてきた。濃い白粉《おしろい》と微かな汗のにおいが、鼻を衝いた。

女は千寿が連れ出された日、俣蔵がここへ来たことを否定しなかった。

「初物は、高いよ」

「高くたって、奮発すらあな。武家娘かい」

「さあ、どうだか」

「阿漕な楼主は、できるだけ高く売ろうとするんだろうな」

「そりゃあそうさ」

女は笑った。そして鼻にかかる声を出した。

「あたしの方が、よっぽどいいじゃないか」

岩助の手を取って、自分の胸に押し当てた。思いがけず、豊かな胸だった。

「まったくだ」

岩助は、女の体を寝床の上に押し倒した。

半刻ほど、女の部屋で過ごした。俣蔵が見世に来たことは確かだが、千寿については、判断のしようがなかった。女の口は、堅かった。問い詰めれば、面倒なことになったかもしれない。

建物にはいくつもの部屋がある。客を通さない廊下もあった。千寿を置いておく場所は、いくらでもありそうだった。

見世から通りに出た。やや離れたところから、もう一度越路屋を眺めた。張見世の前で、客が女の品定めをしている。先ほど相手をした女は、格子の内側で客引きをしていた。

そして出入り口にかけられた花暖簾を分けて、羽織姿の男と荒んだ気配の町人が出てきた。店先にいた男衆が、頭を下げた。

「おお」

岩助は、出そうになった声を呑み込んだ。総左衛門と俣蔵だったからである。二人は三十三間堂の参道で客待ちをしていた辻駕籠《つじかご》に乗り込んだ。

岩助は早速、二丁の駕籠をつけた。広い馬場通りに出た。通行人を避け、一の鳥居の方向へ進んだ。冬の日差しが、西空に傾き始めていた。鳥居の影が、長く伸びている。

二丁の駕籠は、一の鳥居を潜る前に左折した。大島川河岸に出た。駕籠が停まったのは、深川蛤町《はまぐりちよう》の料理屋の前だった。駕籠から降りた総左衛門と俣蔵は、料理屋の門を潜った。

岩助が物陰から様子を見ていると、供侍を連れた旗本駕籠が着いた。供侍は衣山だった。

駕籠から降り立ったのは四十代前半とおぼしい歳の肥えた侍で、衣山は「殿《との》」と呼んだ。北澤大膳だと知った。すぐに建物の中に入った。

どきりとした。越路屋と俣蔵、北澤と衣山が顔を揃えた。

「悪巧みの打ち合わせだな」

岩助は呟いた。

川風が吹き抜けた。風は冷たいが、岩助は辛抱強く連中が出てくるのを待った。

西日が低いところまで落ちて黄色味を濃くした頃、例の四人が門の奥に姿を現した。北澤が旗本駕籠に乗り込んだ。店の前から離れて行ったが、中間《ちゅうげん》がついたきりで衣山は見送った。総左衛門と俣蔵は、辻駕籠に乗った。最後まで残ったのが、衣山だった。

「あいつは、どうするんだ」

料理屋の一室で、何か話し合った。それを受けて、何かをするのだろうと考えた。

衣山が一人で歩き始めると、岩助はこれをつけた。衣山は足早だ。大川端へ出てから川上へ向かい、新大橋《しんおおはし》を西へ渡った。

立ち止まった場所は、大川と浜町堀の間にある武家屋敷の一つだった。沈み始めた朱色の西日が、貧し気な木戸門を照らしていた。

「こちらはどなた様のお住まいで」

通りかかった若侍に尋ねた。

「馬橋様だ」

告げられて得心がいった。馬橋家のことは、山野辺から聞いていた。

近くまで行って、様子を窺った。するとしばらくして、怒声《どせい》が聞こえた。

「当家を、馬鹿にするな」

声の主は、馬橋家の主人のものだと察せられた。

少しして、衣山が出てきた。通りに出てきて、地べたに唾《つば》を吐き捨てた。ふてぶてしい態度だった。

五

「そうか、北澤と越路屋が動いたか。何をしでかそうというのか」

北町奉行所の詰所で岩助から話を聞いた山野辺は呟いた。馬橋家に絡む話なのは、衣山の行動からして明らかだった。

しかしすでに千寿を手に入れているのだから、馬橋家には用がないのではないかと考えられる。

「何があるのか」

そこが腑に落ちない。そこで山野辺は、馬橋家の主人正兵衛に、衣山が訪ねて来た意図を訊いてみることにした。

すでに日は落ちていたが、衣山らのこの後の動きが見えないので急いだ。見張っていた参之助を斬ろうとした者たちである。

「たのもう」

と声をかけて、出てきたのは跡取りの松之丞だった。声はかけなかったが、前に屋敷まで来たときに上の妹琴絵と二人で、庭の畑にいるのを見かけたことがあった。

山野辺は北町奉行所の与力で、女衒俣蔵の動きを探っている者だと伝えた。北澤と、俣蔵が組む阿漕な娘の売買を糾《ただ》したいのだと話した。すでに千寿が、衣山と俣蔵に連れていかれたことを知っているとも告げた。

松之丞はいったん奥へ行って、正兵衛に山野辺の来訪を知らせた。けれども正兵衛は相当荒れていて、会うのを嫌がったとか。

しかし松之丞は、山野辺が訪れた意図を汲《く》んで話せることは話すと言った。そこでまず、今日の衣山来訪のわけを聞いた。

「はあ」

話せることは話すと告げたが、松之丞は話すのをためらった。初めて会った相手ということもあるだろうが、恥じている気配があった。

「金のことですかな」

山野辺から、誘うように言ってみた。

「はあ」

憂《うれ》い顔だ。無礼なことだがと断った上で、山野辺は問いかけた。

「妹ごのことで、金子の貸し借りは済んだのでは」

「まあ」

曖昧な返事だ。松之丞は肩を落とした。

「忸怩《じくじ》たる思いでござる」

消え入りそうな声だ。そこで、借金はまだ残っているのかもしれないと山野辺は気がついた。

「当家では、祖父と母が長患いをいたしまして」

続きの言葉を呑んだ。

「治療や薬剤の費えがかかったわけですな。まだ返せていない金子がある」

「はあ。棄捐の令後の貸し渋りが響きました。札差からは借りられず、高利の金を借りざるをえないはめになり申した」

「その返済の期日は、迫っているのでござろうか」

「いや、それはまだ先で」

「しかし早めに返さなければ、利が膨らむわけですな」

松之丞は、黙って頷いた。

「衣山は、金を貸そうと来たわけですな」

そんなところだろうと、見当はついた。

「そうです。北澤から借りていたわけではないのですが、金額や返済期日まで知っていました」

松之丞は悔し気だ。

「高利で貸すと言ったのでござるか」

「いや。驚くほど、低利でござった」

ならば問題はなさそうだが、裏がありそうだ。正兵衛は衣山を怒鳴りつけたと聞いた。

「担保を取りまする」

「ほう。御家人株ですかな」

「いえ。琴絵です」

松之丞は怒りで体を震わせた。

「そうでござったか」

正兵衛の怒りが身に染みた。山野辺にも、幼い娘がいる。

ただ正兵衛は、いつかはどこかから借りなくては返せない金子だった。無念の思いは大きなものだろう。

「しかしまたどうして、衣山は琴絵殿までを求めて来たのでござろうか」

そこが腑に落ちない。もちろん琴絵も、千寿に劣らない器量よしではあった。それで山野辺は気がついた。千寿や琴絵ならば、嫁に欲しいと告げる金持ちはいくらでもいたのではないか。大身旗本や大店商家へ嫁に出せば、金子を出すのではないか。女衒に連れられてゆくよりははるかにましだ。そこも腑に落ちないことだった。ただその疑問を問うのは、馬橋家の金子にまつわる事情だから憚られた。

「ご無礼いたした」

山野辺は、疑問点を残したまま八丁堀の自分の屋敷に戻った。

参之助はまた屋敷を抜け出すのではないかと案じたが、さすがに部屋にいて養生をしていた。見張りもあったが、傷口がよくないのも確かだった。

それでも千寿のことが気になるらしく、参之助は必死の眼差しを山野辺に向けた。

「今、馬橋家へ行ってきたところだ」

山野辺は、北澤と衣山、総左衛門と俣蔵の四人が深川蛤町の料理屋で会ったこと、その後衣山が馬橋家へ出向いたことを伝えた。松之丞から聞いた話にも触れた。

「では北澤や俣蔵らは、琴絵殿にも毒牙を向けようとしているわけですね」

参之助はいきり立つと同時に、顔を顰《しか》めた。体に力が入って、二の腕の傷に響いたらしかった。

「しかし正兵衛殿は、追い返している」

「そうではありますが」

言いにくそうにしてから続けた。

「他からも金を借りているのは間違いがありません。町の金貸しからですから、それなりの利息がつくはずです」

高利の金など借りなければいいと言ってしまえばそれまでだが、それぞれの家には事情がある。直参は、家禄以外には実入りはない。禄米を扱う札差が金を貸さないとなったら、高利と分かっていても、町の金貸しから借りないわけにはいかないのだろう。

山野辺は、疑問点の一つを口にした。

「琴絵殿は、あれだけの器量よしだ。女衒の手になど渡さなくても、借金の肩代わりができそうな者が、嫁にしようとするのではないか」

聞いた参之助は、顔を強張らせた。貧乏御家人の三男では、嫁にする資格はないと受け取ったかもしれない。

「千寿殿も琴絵殿も、嫁には行けないわけがあります」

「何か」

「二人は、病をお持ちです」

「…………」

今は亡き、祖父と母が長患いだったという話は聞いた。

「姉妹は長く看病をしていましたが、うつったようです」

「労咳《ろうがい》か」

重い気持ちになって確かめた。

「そうです」

初めて馬橋屋敷へ様子を見に行ったとき、琴絵は咳をしていた。風邪ではなかったと知った。

「不治の病といわれているものだな」

「いえ。滋養のあるものを食べさせ、それなりの治療をすれば、元の体に戻ります。ただ箱根《はこね》などで療養をさせるなどすれば、費えがかかります」

誰にでもできることではない。

「それは、知られているのだな」

「近所で訊けば、すぐに分かるでしょう」

そうなると嫁に欲しいという者は現れないだろう。千寿も琴絵も、売られた先で辛い務めをすることになる。

「そなたは、それを承知で千寿殿を奪い返そうとしたのか」

「はい。奪って逃げて、湯治場へ行こうと思いました。そこで下男でも何でもして、治してやりたいと」

参之助の一途な恋情に、胸が痛んだ。親には久離を求めて、家を出てきた。覚悟のほどが窺えた。

「ならば北澤や俣蔵なども、病を知っているわけだな」

「もちろんです」

「分かっていて、売り物にするわけだな」

「やつらは、鬼畜です」

「うむ。いかにも」

見世に出すかどうかは分からないが、北澤らにしたら遠方の豪農や網元などに、病を隠して売り飛ばせばいいだけの話だろう。

六

翌朝、山野辺は町廻りを手早く済ませて、俣蔵の動きを改めて探ることにした。

その前に一度八丁堀の屋敷に戻ると、参之助が外出の支度《したく》をしているのを見張りの下男が、引き止めていた。

「お供を、させてください」

山野辺の顔を見ると、頭を下げた。熱心に言われて、無理をしないという条件で連れて行くことにした。

最初に行ったのは、前に話を聞いた門前仲町の女郎屋梅屋である。主人の多吉郎だ。深川廻りの古参同心土原から紹介された者だ。

「済まぬな」

「いえいえ。越路屋さんも強引なことをすると聞いたことがありますんでね、何かがあるかもしれません」

梅屋にとっては、商売敵《しょうばいがたき》だ。

「越路屋では、何人かの武家娘が見世に出ていると聞いたが、新たな武家娘が入る話は聞かないか」

「見世に出るという話は、聞きませんね」

「そうか」

千寿はいるだろうと、参之助とは話している。しかし確認が取れたわけではなかった。

町奉行所の与力という立場で問えば、答えを得られるだろうが、不正はないのだから、それ以上どうすることもできない。それでかえってどこかに隠されたら、その方が面倒だ。

参之助の千寿への思いを聞いて、力になりたい気持ちが強くなった。

「ただね、違う話は聞きました」

「ほう」

「掘り出し物があると言われた旦那がいたそうです。高い値をつけられたそうですが、見に行って気に入ったとか」

「武家娘だな」

「どうやら、そのようで」

千寿に違いない。

「高い値を告げられ手を打った。ところが後になって、越路屋の方から断ってきたそうです。客は腹を立てますな」

上玉の場合は、見世に出す前に、高額の祝儀を出す客に水揚げをさせるのが普通だという。多吉郎の話によれば、総左衛門は不義理をしてもそれをやめたことになる。

「普通、そのようなことをするか」

「しませんけどね。それをしてもいいくらい高く売れる何かがあったら、やるんじゃねえですかね」

口元に、意地悪そうな笑みを浮かべて言った。

「よほどの高額だな。一人の女にそこまでするか。たとえどれほど器量がよくても」

「そうですね。器量だけならば、他にもいそうですね。田舎の金持ちに金を出させる何かがあるんじゃあないですかね」

「どんなことが、考えられるか」

多吉郎は首を捻った。

「そうですね」

「もう一人か二人いて、その二人に何か因縁があったら。面白がる金持ちは、いるんじゃないですかね」

「姉妹ではどうか。それも武家の」

山野辺は、思いついて口にした。琴絵のことが、頭に浮かんでいる。

「どっちも、とてつもない器量よしならば、いけるかもしれません」

「なるほど」

決めつけはできないが、北澤や俣蔵の企みが少し見えた気がした。

「そういえば俣蔵は、江戸を出ていましたね。それが数日で戻って来てしまった。玉も連れないで手ぶらとは、珍しいですぜ」

「どこかで、話をつけてきたのかもしれぬな」

千寿を手に入れた後、俣蔵が江戸を出ていたのは山野辺も摑んでいた。参之助が目撃していた。

「銭になる話なんでしょう。うまいことやりやがって」

嫉《そね》む口ぶりになった。

金貸しの北澤と地方で話を通してきた女衒の俣蔵、そして千寿の身柄と証文を手に入れている総左衛門が、企みを進めている。

その鍵を握っているのが、俣蔵だった。

参之助は苦虫を嚙み潰したような顔で、山野辺と多吉郎の話を聞いている。千寿が物のように扱われているのを聞いて、腹を立てているのだ。とはいえ口を挟むことはなかった。少しでも話を、聞き出さなくてはならない。

「俣蔵のことが分かる者はいないか」

「どこまで知っているかは存じませんがね、会うとよく酒を飲んでいる女衒仲間はいますよ」

情報交換をするらしい。各女郎屋では、欲しい女の条件が違う。求めるのは、器量よしというだけではない。愛想のいい者や体つきのよい者は、器量よしに劣らないくらい稼ぐこともある。質の異なる女を楼主は求めるから、高く売るためには、どこへ話を持ってゆけばよいか女衒は考えるようだ。

情報は、必要だ。

「戌助《いぬすけ》という者がいます」

三十半ばの女衒で、江戸で会うとよく飲んでいるとのこと。ただ戌助が、今江戸にいるかどうかは分からない。

「縁者はいないのか」

「深川黒江《くろえ》町に土筆《つくし》という小料理屋があって、戌助の姉が商っているそうです」

二人はそこで飲むらしい。

山野辺は、黒江町へ足を向けた。土筆は、間口二間の表通りの店だった。まだ商いを始めていなかったが、戸が開いていたので敷居を跨いだ。

中年の女と若い女中が掃除をしていて、中年の方が戌助の姉だった。

「一昨日に、旅に出たんですよ。あいつ、何かしたんですか」

案じ顔になった。十手持ちが訪ねたことで、驚いたらしかった。

「戌助ではない。その知り合いのことで訊きたいのだ」

それで少し、安堵したらしかった。

「戌助が江戸を発つ前の夜、ここで俣蔵さんと飲んでいましたよ」

「何を話していたのか」

「さあ、酒は出してやりますけどね。話の中身なんて、知りませんよ」

そう言われてしまうと、さらに訊きようがなかった。俣蔵が店に来るのは、月に一度くらいのものだそうな。

そこで山野辺は、若い女中に問いかけをした。

「その方は、戌助たちに酒や料理を運んだであろう。何か聞かなかったか」

女中は困った顔をしたが、おかみが頷いたので口を開いた。

「俣蔵さんは、どこかの網元相手に何かをするような話をしていました」

何かは分からない。関宿方面へ行く船に乗ったのは分かっていた。となると、銚子あたりか。

「他に耳に残った言葉はないか」

まだ三日前のことだ。

「器量よしの姉妹がどうとかって」

「二人一緒ということか」

「そうかもしれません」

「俣蔵は、また一儲《ひともう》けするのであろうな」

若い女中は返事をしなかったが、そういう話だと山野辺は受け取った。

土筆を出たところで、参之助が口を開いた。

「ここでの話ですと、まだ千寿殿を見世に出すことはないですね」

ほっとした顔だ。

「だがそうなると、三十三間堂町の越路屋へ置いておく必要もなくなるぞ」

「そうですね」

参之助は、今度は落ち着かない顔になった。

山野辺と参之助は、越路屋の様子を見に行くことにした。

七

高坂市之助の仇武藤兵右衛門は、有働兵之助と名を変え、越路屋総左衛門と共に姿を消した。そして調べによって、どうにか越路屋の姿だけが浮かんだ。

四谷から駒込を経て、山谷堀の北、浅草新町へ移ったことまで掴んだ。

正紀は、源之助と植村、高坂を伴って師走の江戸の町を北の外れから東の外れへと歩いた。途中、早々と煤払いをしている商家やしもた屋を何軒も見かけた。大福帳を腰からぶら下げて、掛け取りに廻っているらしい番頭や手代の姿も少なからずあった。

山谷堀を渡らず西へ歩けば、吉原《よしわら》に出る。そちらへ向かう者たちの姿を横目に見て、正紀らは新鳥越橋《しんとりごえ》を北へ渡った。山谷堀を越えると、町はいきなり鄙びた景色になる。

「越路屋という屋号は、聞きませんね」

青物屋の女房に尋ねると、そんな答えが返ってきた。

自身番へ行って、改めて問いかけた。詰めていた書役と大家も、首を傾げた。古い綴りを出させて、検めさせた。

「ああ、いましたね」

何枚も紙をめくって文字を指で追い、ようやく探し出した。

「ここにいたのは、一月《ひとつき》ほどです」

と続けた。正紀も、その文字を確かめた。しかし女房や子どもの名はなかった。

「そういえばそんな人が」

居合わせた乾物屋の隠居が、横から口を出した。やり取りを聞いていたらしい。

「侍の姿を見なかったか。有働兵之助もしくは武藤兵右衛門という名でござるが」

高坂が言った。

「はっきりはしませんがね。小さな空き店舗を借りて、一人でお住まいでしたよ」

駒込まではあった有働の姿が、ここではなくなっていた。

「何を商っていたのか」

「さあ、何でしたか。何も商っていなかったような気がしますが」

そしていつの間にかいなくなった。

「越路屋総左衛門は、どこへ移ったのであろうか」

正紀が尋ねた。ここで消えてしまったら、糸の切れた凧《たこ》のように、追いかけることができなくなってしまう。

書役は綴りに目をやった。

「深川の三十三間堂町です」

今度は、南東の外れだった。

「引っ張り回されている気がいたします」

源之助が言い、植村が頷いた。こうなると、次は深川三十三間堂町へ向かうことになる。

人別帖は続いているから、越路屋総左衛門は無宿者にはなっていない。れっきとした、江戸の町の住人だ。

山野辺は、三十三間堂町の越路屋の前に立った。昼見世の最中で、出入り口には花暖簾がかけられている。張見世では女たちが、道行く男たちに声をかけていた。男たちの中には、地方からの勤番侍ふうも交じっている。

山野辺と参之助が訪ねる目的は、千寿の存在の有無を確かめることだ。

十手をかざして「いるか」と問えば、会えないことはない。しかしいたとしても、「どのようなお調べで」と返されたら、答えに窮する。

山野辺にとって、参之助への助力は私事だ。千寿が越路屋にいることが不正なわけではなかった。

二人は、越路屋の裏手に回った。

外側から見ているだけでは、千寿がいるかどうかなど見当もつかない。しかし裏手に回れば、もしや顔くらいは出すかもしれない。そんな気持ちもあった。十手を振りかざすことなく、確かめたかった。

四半刻ほど見ていると、やり手婆ふうの六十女が出てきた。どうせしたたかな婆さんだろうから、訊いてもまともな返答は得られない。放っておこうとも思ったが、つけてみることにした。

婆さんは三十三間堂町から出ると、馬場通りを西へ向かって歩き始めた。立ち止まった場所は、薬種屋《やくしゅや》の前だった。

そこで買い物をすると、元の道を戻った。

山野辺はその薬種屋へ入って、手代に問いかけた。

「今の客が買った品は何か」

「貝母《ばいも》でございます」

手代は、山野辺の腰に差さっている十手に目をやってから応じた。

「何だ、それは」

「編笠百合《あみがさゆり》の球根を薬にしたものでございます。貝母湯《ばいもとう》や清肺湯《せいはいとう》として服用いたします」

花は茶花《ちゃばな》にするそうな。

「何に効くのか」

これが肝心なところだ。

「主に鎮咳《ちんがい》、去痰《きょたん》でございます」

「では、労咳にも効くな」

「もちろんでございます」

安くはない薬だそうな。

「あの者が買ったのは、今日が初めてか」

「いえ、先月末に一度。今日で二度目でございます」

「そうか」

声が弾んだのが分かった。参之助も、顔に喜色を浮かべている。千寿が越路屋にいることを確信した。

改めて、越路屋の前に行った。ただどうするかは、腹が決まらなかった。琴絵と一緒にどこかへ売るならば、すぐにどうこうはないだろうとも考えた。

商品として治療を施している。大事にしていることは間違いない。大きく儲けられると踏んでいるからだろう。

正紀は源之助と植村、高坂と共に三十三間堂町へ入った。門前町だから、それなりに参拝客がいる。参道には、露店なども出ていた。

まず行ったのは、自身番だ。

「越路屋さんは、妓楼です。総左衛門さんは、そこの楼主です」

中年の書役が言った。

「それは」

四人は顔を見合わせた。驚きを隠せない。

「油屋ではないのか」

権田原三軒家町での稼業とは、似もつかないものだ。正紀も面食らった。

「十六年前からか」

「そうです。どのような事情があったかは存じませんが、建物や女を引き継いで屋号を替えて稼業を始めました」

女は武家娘の割合が多くて、それを好む客が遠くからもやって来た。繁盛していると続けた。

「総左衛門は、なかなかのやり手だな」

「そうですね。町のためにも、力を尽くしてくださいます」

書役は悪くは言わなかった。町の旦那衆として、役割を果たしているらしい。

「有働兵之助もしくは武藤兵右衛門なる侍が、近づいてはおらぬであろうか」

高坂は、まずそこが気になる。

「お侍のお客様はあると存じますが、お名まではこちらでは分かりません」

当然だろうという顔で返された。

それから四人で、見世の前に行った。四人の中には、岡場所へ出入りする者はいない。前に吉原へ入ったことはあるが、遊んだわけではなかった。物珍しそうに、周囲に目をやっている。

昼見世の最中らしい。格子を隔てた女と客がするやり取りの声が、聞こえてくる。

女の白い腕が、前に立つ男の袖を摑んだ。

花暖簾の隙間から中を覗いても、人の姿が見えるばかりで顔までは確かめられない。

「ともあれ、主人の総左衛門に会うとしよう」

「ええ、そうしましょう」

ようやく辿り着いた。逸《はや》る高坂の気持ちは理解できた。

「おい」

花暖簾に手をかけたところで、声をかけられた。誰かと見ると、山野辺が立っていたので仰天した。

「どうしてここに」

「おまえの方こそ、どうして」

正紀と山野辺は同い年で、麴町《こうじまち》にある神道無念流《しんとうむねん》戸賀崎《とがざき》道場で剣術を学んだ幼馴染である。共に腕を磨き、免許を得た。今でも付き合いは続き、身分の違いはあっても「おれ」「おまえ」の仲で過ごしていた。

それぞれ多忙で、一月近くは顔を見ていなかった。

「ちといろいろあってな」

「そうか。おれの方もだ」

正紀の言葉に山野辺が返した。遊びに来たのではないだろう。越路屋に何かあるなら、総左衛門に会う前に話を聞いておくことにした。

第四章　消えた駕籠

一

山野辺から声をかけられた正紀は、いったん越路屋から離れた。人気のない油堀河岸へ出て、そこで話を聞くことにした。まずは高坂市之助と大志田参之助を紹介し合った。

その上で、互いの出来事と調べの詳細について伝え合った。

「総左衛門は、旗本と組んで娘の売り買いをしているわけか」

正紀は嘆息した。有働と行動を共にしてはいたが、どのような人物なのか見当がつかなかった。小さな油屋だと聞いていたが、なかなかの曲者《くせもの》だ。

「では、有働兵之助もしくは武藤兵右衛門の名は」

「まったく聞かぬぞ」

山野辺が答えた。正紀と高坂は顔を見合わせた。すでにその姿は、欠片もなくなっている。

「ともあれ有働もしくは武藤について、事情を聞きたいと存じます」

高坂が言った。仇に会うためには、それしか手掛かりはない。そのために、今日まで歩き回ってきた。

「やり手婆の動きからして、千寿殿が越路屋にいるのは間違いないな」

「いかにも」

「ならば今のところは、それでよしとするしかあるまい」

高坂も参之助も切羽詰《せっぱつ》まっているが、参之助の企みは公にできるものではなかった。気持ちは分からなくはないが、今は動けない。越路屋へ押し込んで奪うわけにはいかないからだ。

ただ互いに、越路屋を探る仲間ができたのは、心強かった。

「ならばあくまでも、有働もしくは武藤について訊くということで、総左衛門を訪ねるとしよう」

正紀と高坂の二人だけが、敷居を跨ぐ。

見世が見えるところまで戻った。店先では、五十代後半といった年恰好の恰幅《かっぷく》のいい主人ふうが、外出先から戻って来たところだった。

「お帰りなさいまし」

店先にいた男衆が声をかけた。それが総左衛門らしかった。

高坂が、体を強張らせていた。

「どうした」

尋常ではないから、正紀は問いかけた。

「似ています」

「越路屋総左衛門だな」

そのときには、花暖簾を潜ってしまっていた。

「はい」

「誰にだ」

見当はついたが、言わせた。

「武藤兵右衛門です」

話している間に、総左衛門は建物の奥に消えた。源之助らは、傍《かたわ》らで息を呑んでいる。

「それは、こちらの勝手な思惑だ」

と植村。誰も反論をしなかった。

「殺してしまったのではないですか。袂に石でも入れて海に投げ込んでしまえば、それで終わりです」

「だとしたら、本物の越路屋総左衛門はどうなったのでしょう」

と口にしたのは源之助で、正紀もそれは考えた。

「武藤は、総左衛門になりすましているのでは」

普通に考えれば、総左衛門と武藤兵右衛門とは別人だ。

三十年という歳月がある。しかも何度も顔を見たわけではなく、話もしたことはなかった。また越路屋総左衛門は、根っからの町人だった。転居はしていても、人別は途切れてはいない。

やっと口にした。

「分からないのです。目にしたすぐにはそう思ったのですが」

正紀の念押しに、高坂は体を震わせた。

「それが」

「間違いないか」

山野辺は、冷静だ。

「もっと近くで顔を見れば、分かるか」

「分かるかもしれませんし、分からないかもしれません」

高坂は、正紀の問いに顔を歪めた。

三十年の歳月をかけてやっとそれらしい者に会いながら、己の目で確認ができない。情けない思いでいるだろう。

「どうしたら、確かめられるか」

「肩から背中にかけて、疱瘡の瘢痕《きずあと》があります」

しかし見せろと言って、たやすく従うわけがなかった。武藤だったら、なおさらだ。

「総左衛門も、湯屋へは行くのでは」

と言ったのは源之助だった。

「行くならば、町の湯屋でしょうね」

これは植村だ。

近くにある湯屋へ行った。番台にいた老人に尋ねた。

「総左衛門さんは、うちには来ません」

「では、どこに行くのか」

「越路屋さんには、内湯があります」

「そうか」

江戸の町で、内湯を持つ町家は極めて少ない。大店の主人でも、湯屋へ行く。

「ますます怪しいですね」

「こうなると高坂殿が総左衛門に会うのは、しばし控えた方がよいのではござらぬか」

山野辺が言った。向こうはとぼけるだけでなく、警戒をするだろう。

有働とは、浅草新町へ移る前に別れたと言われればそれまでだ。

「越路屋総左衛門は、なかなかの悪党でございますな」

植村はもう、総左衛門が武藤だと決めつけている気配だった。

「今日のところは、引き上げるとしよう」

高坂にしてみれば一刻も早く確かめたいところだろうが、そうはいかなくなった。

高坂は仕方がないという表情を見せた。


屋敷に帰った正紀は、佐名木と井尻に高坂を引き合わせた。

「三十年にも及ぶ仇討ちの旅、大儀であった」

佐名木は、高坂をねぎらった。

「はは、ありがたいお言葉」

両手をついた高坂は、畳に額をこすりつけた。

それから正紀は、佐名木と井尻にここまでの詳細を伝えた。山野辺が関わっている姉妹のことにも触れた。

「武藤が総左衛門であっても、おかしくありませぬな」

佐名木が言った。そう考えるのは、当然だろう。

「武藤の顔を、覚えているか」

佐名木も井尻も、三十年前に顔を見ているはずだった。しかし二人は、戸惑い顔になった。

「先ほど高坂の顔を見て、初めは誰かと分かりませんでした。告げられて、初めてそうかと思いました」

佐名木でさえそうだ。

そこで前に話を聞いた、篠原猪三郎を呼び出した。

「その方は、見て分かるか」

「いや、それは」

自信はないらしい。ただ見てみなければ分からないと言った。

「よし。見に行こう」

夜になっていたが、正紀は、篠原を連れて三十三間堂町へ出向いた。高坂も、落ち着かない様子でついてきた。

越路屋が見えるあたりに、三人は立った。呼び出すわけにはいかないから、出てくるのを待つしかなかった。

たっぷり一刻（二時間）、立ち尽くした。総左衛門がようやく外へ出てきた。

「どうだ」

「はあ」

はっきりしないらしかった。高坂は、それで肩を落とした。篠原がそうだと言えば、不明だった武藤兵右衛門が姿を現したことになる。

屋敷へ戻った正紀は、ここまでの顚末を正国に伝えた。

「惜しいな」

正国も、高坂には本懐を遂げさせたいと思っているのだろう。

寝る前になって、正紀はすべての顚末を京に話した。

「もう少しですね」

「うむ。だがここからどうするか、慎重にやらなくてはなるまい」

「大殿様ならば、お分かりになるのでは」

京はあっさり言った。確かに、武藤とは誰よりも数多く顔を合わせているはずだった。

「しかし正森様は、三両は出しても、一藩士のために力を貸すであろうか」

「年貢の不正から端を発した仇討ちの顚末には、後悔がおありなのでは」

それがあるならば、力を貸すというのが京の考えだ。

奔放に生きる正森に、後悔という言葉は似合わない。それでも仇討ちの行方を気にしているのは、確かだった。

二

翌日正紀は源之助と植村、高坂を伴って、深川南六間堀町のお鴇を訪ねた。正森がいるならば、事情を伝え、三十三間堂町の越路屋へ同道してもらおうと考えたからだ。

「いえ、こちらへ来るという話は来ていませんね」

お鴇は、申し訳なさそうに言った。銚子の松岸屋にいて、当分江戸へ出てくる用はないそうな。

しかし高坂の仇討ちを成就させるには、正森の証言が欲しい。肩と背中の瘢痕を見なくても確認できる、唯一の人物だ。

「せっかくそれらしい者が現れたのに、惜しいですね。旦那さまも、決着をつけさせたいとお話しでした」

お鴇は言った。

そこで正紀は、お鴇から筆を借りて銚子の正森に文を書いた。まずは高坂を捜し出し、三両を渡したこと。さらに現れた越路屋総左衛門の経歴と、それが武藤ではないかという高坂の証言の内容。加えて旗本北澤大膳や女衒倶蔵と組んで、武家娘の売買で儲けようとしている件も記した。

どこかは分からないが、銚子の網元に御家人馬橋家の姉妹琴絵と千寿を売りつけようとしていることにも触れた。大金を出せるのは、銚子の網元しか考えられない。倶蔵が関宿行きの船に乗ったのは、銚子へ向かう腹があるからだろうと記したのである。

関心がなければそのままにするだろうが、少なくとも越路屋の面通しには力を貸すだろうと思った。

お鴇の話では、これから銚子へ行く荷船があるというので、それに載せてもらうことにした。急いでも往復で四日から五日はかかるが、それは仕方がなかった。

それから正紀は、植村だけを伴って、赤坂《あかさか》の今尾藩上屋敷に足を向けた。兄睦群と対面し、旗本北澤大膳についての情報を得るつもりだった。

睦群は多忙なので、昨日のうちに面談の申し入れをしていた。尾張藩上屋敷へ出向く前の、四半刻余りの時間を貰ったのである。

「なるほど。その方が藩士のために、一肌脱いでやるわけだな。それはよい」

一通りの話を伝えると、睦群は頷いた。とはいえ、正森が江戸と銚子を行き来していることについては触れなかった。公になれば面倒だ。宗睦も睦群も、勝手な真似はやめさせろと、対応を求めてくるだろう。

「正国様のお加減はどうか」

「まずまずでございます」

今朝は、顔色もよくなっていた。和や京も交え、仏間で読経を行った。

「ならばよいが。心の臓の病は、怖いぞ」

睦群は気にする口調で言った。病を案じているが、それだけではない。

正国に万一のことがあったら、跡継ぎ問題がある。世子である正紀が後を継ぐのが当然だが、それに異を唱える者が井上本家あたりにはいると、それらしい話をしたことがあった。

「家臣思いの若殿はよいぞ」

「いや」

正紀にはそういう計算はない。ただ高坂の三十年の労に報いたいだけだった。

「北澤大膳のことは、知っている」

睦群は言った。尾張徳川家には、大名旗本家に関わる様々な情報が入ってくる。些《さ》事《じ》は聞き流すが、大名家の藩政に関わる出来事や旗本家の慶弔、不始末については記憶に留めていた。

「あやつは九年前までは、御小普請支配を務める三千石の身分だったが、減封されて無役になった」

そこまでは、正紀も調べていた。

旗本御家人の中で家禄三千石以下で役職に就かない者は、御小普請入りという待遇となる。支配役は無役の者を統括し小普請金を集めたが、役目はそれだけではなかった。公儀のお役に就きたい無役の者からあらかじめ希望を聞き、役職に欠員があったときに推薦するという任務だった。

無役の直参にとって、お役に就くのは悲願といってよかった。無役では家禄を得るだけで、それ以上の実入りはなく、出世の望みもなかった。しかし役に就くことができれば、お役料が手に入れられるだけでなく、出世の機会も得ることができた。

したがって無役の直参は、良いお役の斡旋《あっせん》をしてもらおうと御小普請支配には折々の挨拶を欠かさず、金品を贈る者もあった。

「北澤は、配下の多数の者から賂《まいない》を取った。そして高額の者から推薦を行った。他の者は、知らぬふりをした」

「そのことが露見したわけですね」

「そういうことだ」

睦群は一つため息をついてから、話を続けた。

「時の老中首座であった松平輝高《てるたか》様は、立腹し改易までを考えたらしいが、田沼意次殿がなだめた」

減封で済んだのである。北澤家は、複数の大名家に縁戚関係があった。

「賄賂《わいろ》を厳しく咎めることを、田沼殿は好まなかったわけだ」

「己に飛び火するのを、避けたわけですね」

「そういうところだろう」

この年松平輝高は死去し、その後田沼が力をつけていった。

「だがな、今は田沼殿の時代ではない」

「さようで」

「定信殿は良くも悪くも、金子で事をなすことを嫌う」

人足寄場《にんそくよせば》設立の資金を、長谷川平蔵《はせがわへいぞう》が銭相場で得たことにも嫌悪を示した。

「北澤が小旗本や御家人に金子を貸し、高利を得ていることは、すでに定信殿の耳に入っている」

「けしからぬと、思っているわけですね」

「そういうことだ」

ただそれだけで、御家を潰すことはできない。貸し借りは実情がどうであれ、表向きは納得ずくで行われている。

「北澤はな、手に入れた金子を使って、再度役を得たいと考えているようだ」

猟官《りょうかん》の費用を拵えているという話だ。

「定信様にしたら、不快なことですね」

「そうだ。棄捐の令後に、御家人株を手放す者が現れ始めた。ご老中の施策を、陰で責める者も出てきている。直参に高利の金を貸すなど、悪評を煽《あお》るような行いだからな」

「では、何か明らかな不祥事を起こしたら、定信様は動きますね」

「そういうことだ。あの御仁にも、使いようはあるぞ」

睦群は、口元に嗤いを浮かべた。

そして話題を、正国の体調に戻した。

「体はどうなるか分からぬ。どうなろうと、その方は藩内の人脈を固めておかねばならぬ。本家の浜松藩やもう一つの分家下妻《しもつま》藩にも目を配れ」

睦群とは一歳違いだが、尾張藩の付家老職に就いてから、みるみる話す中身が変わった。政治家になっている。宗睦からの覚えもいい。親族というだけでなく、能吏として目をかけられていた。

兄弟でも、自分とはずいぶん違うと感じた。

三

深川南六間堀町のお鴇を訪ねた後、正紀らと別れた高坂は、源之助と共に深川三十三間堂町へ向かった。三十年の間、武藤兵右衛門を捜し歩いて、ようやくそれらしい人物に巡り会えた。先日は両国広小路で見間違えをしたが、今回は違う。
これまでの経歴が、いかにも怪しかった。

じっとしてはいられない気持ちだった。もう一度、越路屋総左衛門の顔を検めてみたかった。

正紀からは、打ちかかるならば、万全を期さなくてはならない。早まった真似はするなと告げられていた。総左衛門は、今は盤石《ばんじやく》な暮らしをしている。簡単にはそれを捨てて姿をくらますことはないという判断が、その裏にあるからだ。

三十三間堂町へ源之助が同道するのは、正紀の命だ。間違いないと自分なりに思ったら、刀を抜いてしまうかもしれない。そういう危惧が、あるからこその配慮だ。それは分かっていた。

源之助は佐名木家の嫡男で、いずれは藩の家老職に就く者だ。正紀とのやり取りを見ていても、若いが冷静で切れ者なのは明らかだ。

まだ昼見世の始まる刻限にはなっていない。人の通りも少なくて、陽だまりで背を丸めた猫が日向ぼっこをしている。格子の嵌《は》まった張見世があっても、のんびりとした路地の景色に見えた。

立つ場所を少しずつ変え、建物の裏手にも行った。真冬の風が、路地を吹き抜けた。

それでも昼になると、路地の空気が変わった。各見世の出入り口にとりどりの色や模様の暖簾がかけられる。化粧をした派手な襦袢《じゅばん》姿の女たちが張見世に入ると、景色は一転した。老若《ろうにゃく》の男たちが、姿を見せ始めた。女たちが、誘いの声を上げる。

越路屋の暖簾を分けて人の出入りがあるたびに、高坂は緊張の目を向けた。しかし総左衛門は、なかなか外へ顔を出さなかった。

日が西空に傾き始め、昼見世もそろそろ終わる頃になって、ようやく花暖簾をめくって総左衛門は姿を現した。金持ちそうな来客を見送ったのである。

「どうですか」

「いや、どうも」

距離があるからか、何とも決められない。数歩近づいて、目を凝らした。

そうかもしれないという気持ちと、違うかもしれないという気持ちが、半々だった。なんとしてでも確かめたい。さらに前に出ようとして、源之助から腕を摑まれた。

「気づかれるかもしれません」

武藤が高坂市之助の顔をどこまで覚えているか分からない。しかし仇持ちとなった以上、討っ手が現れることは分かっているはずだった。気づかれれば、警戒をさせることになる。何かの手を打ってくるかもしれない。

高坂は足を止めた。総左衛門は見世の中に入ってしまった。

昼見世が閉じられた。各見世の出入り口から、花暖簾がしまわれた。張見世にも女の姿がなくなり、通りには男客の姿が消えた。

「どうなさるか」

「ううむ」

源之助の問いかけに、高坂は無念の声を上げた。気持ちとしては、去りがたかった。

そのとき、羽織姿の番頭独楽次郎が花暖簾を分けて出てきた。独楽次郎の顔は、見張っている間に確かめていた。名も、他の見世の者から聞いていた。

「どこへ行くのでしょう」

「あやつは、総左衛門の手先です」

源之助は、山野辺から聞いたことを口にした。

「ならばつけてみましょう」

高坂は反応した。歳は親子ほども違うし源之助は部屋住みだが、高坂は下手に出た物言いをしていた。

「そうしましょう」

高坂と源之助は、間を空けて独楽次郎の後をつけた。

独楽次郎は、油堀河岸の道を西へ向かって歩いた。そして新大橋を渡った。武家地に入った。

立ち止まった場所は、浜町河岸に近い古びた屋敷の前だった。地震で崩れたらしい一部が、まだ修理できていなかった。

「これは、馬橋家の屋敷ではないですか」

昨日、山野辺から聞いたばかりだった。通りかかった者に確かめると、その通りだった。

中から、何か怒声が聞こえた。さして置かず、独楽次郎が木戸門から出てきた。いかにも不満そうな表情だった。肩を怒らせて、来た道を引き上げて行った。

今尾藩上屋敷から戻った正紀は、佐名木と話をしていた。睦群と交わした内容についてだ。

「我ら武家は、すでに質素倹約を、できる限りのところでしておりまする」

「まったくだ」

「定信様はさらに清廉潔白を求められまするが、多くのご直参は表向きはともかく、実際はそれでは立ち行かぬところへ追い込まれているということでございましょう」

定信には、人の心が分からない。

「下の者は、表向き合わせているだけだ」

だから宗睦や大奥御年寄滝川らは、定信政権を短命と見て距離を取っていた。

「袖の下が入れば、助かる方は多いでしょう」

「北澤は、取り入るのがうまいのであろうな」

忌々《いまいま》しい気持ちだ。そのために泣いている、少なくない直参がいる。

そこへ源之助と高坂が戻って来た。独楽次郎の動きについて聞いた。

「琴絵殿に関する申し入れをしたのであろうな」

すぐに予想がついた。怒声が響いたのならば、間違いない。

「正兵衛殿は、怒りが抑えられなかったのでございましょう」

源之助は言った。

「山野辺の話では、北澤家の用人衣山が行って追い返されている。同じような申し入れをしたのであろうが」

ともあれそこは、確かめておこうと考えた。正紀は、源之助を伴って、馬橋家を訪ねた。

訪《おとな》いを入れて現れたのは、松之丞とおぼしい侍だった。庭に、琴絵とおぼしい美しい女の姿もあった。正紀は身分と名を明かし、北町奉行所与力山野辺に協力し、北澤の人買いさながらの動きを糾弾《きゅうだん》したいから、話を聞かせてくれと頼んだ。千寿に関する大まかな話を聞いていることも伝えた。

「父に話しましょう」

若侍は、自分は松之丞だと名乗った上で、奥へ行った。

「どうぞ」

案内された部屋は、八畳の客間らしかった。畳がけば立っている。室内でも冷え冷えとして、隙間風が入り込んでいた。

「それがしが、馬橋正兵衛でござる」

四十五歳だと聞いていたが、五十歳過ぎに見えた。目の隅の皺が深かった。疲れているらしく顔色はよくないが、実直な印象はあった。

「あの者は、十両を無利子で貸すと言いおった」

独楽次郎のことを言っている。

「何もなく、ただ貸すと告げただけではなかろう」

分かり切ったことだ。問題は、その条件だ。

「琴絵を、五年間だけ貸せと言いおった」

「…………」

「許せぬ話だ。過酷な真似をさせられたら、琴絵は五年を過ぎる前に命を失う」

正兵衛は、目に涙を浮かべた。悔しいのだ。まだ他から借りている金子は、期限が来れば返さなくてはならない。

「琴絵の病は、千寿よりも重うござる」

「なるほど」

まず千寿を出したのは、そういう事情があったからかもしれない。

「北澤や越路屋にしたら、こんな条件でも馬橋殿がなびくと考えたのであろうな」

「金に目が眩《くら》んでいるゆえ、人の気持ちが分からないのでございましょう」

正紀の言葉に、源之助が続けた。

「うむ」

ただ何であれ正兵衛は、期限が来る前に、金を作らなければ身動きが取れない。そこを見越して、独楽次郎はやって来たのだった。

「無念です」

松之丞が漏らすと、奥歯を嚙みしめていた正兵衛が口を開いた。

「かくなる上は、御家人株を手放すしかないやもしれぬ」

武士をやめる気持ちに傾いていると感じた。

「それを独楽次郎に、伝えたのでござろうか」

「言ってやった。あやつ、慌ておった」

「それで、何と」

「三年でもよいとぬかしおった」

それで正兵衛は、帰れと怒鳴ったらしかった。話していて、その折の場面が頭に浮かんだらしい、膝の上の握り拳が小さく震えた。

「北澤の阿漕な真似を、明らかにしていただきたい。必ずやどこかで、無法な真似をしているはずでござる」

「そうだな」

「そのためにはそれがしも、できる限りのことをいたす所存でございまする」

松之丞が、正紀に頭を下げた。

「うむ。必要な折には動いてもらおう」

山野辺と共に、大志田参之助も動いていることを伝えた。

「それにしてもやつらは、よほど琴絵殿が欲しいのでございますな」

馬橋家を出たところで、源之助が言った。

「すでにやつらは、千寿殿を手に入れておりまする。美姉妹一緒ということでしょうか」

と続けた。

「それだと金持ちの物好きが、余計に金を出すわけか」

売る先はおそらく、銚子の網元だろう。

「馬鹿な」

源之助が吐き捨てるように言った。

この話を、屋敷に戻った正紀は京にした。

「御家人株を手放すのは、馬橋家にとっては最後の手段となりますね。よほどのご決心かと存じます」

京は顔を曇らせた。

「そうであろう。千寿殿のときにも、それを考えたはずだ」

「でもそれは、なさらなかった」

「株を手放しても借金を返しきれず、姉妹を守れなかったからであろうか」

それを考えると、胸が痛かった。

「琴絵殿をどうしても欲しい北澤や越路屋は、これから何をするのでございましょう」

「正兵衛殿が、条件を呑まざるをえないように追い込むのではないか」

とは返したが、株を売る話になったらさしもの北澤や越路屋でも、手立てはない。売らせない形で解決したい気持ちはあるが、それは正紀の願いでしかなかった。

四

銚子飯貝根の松岸屋にいる正森の手元に、江戸の正紀から文が届いたのは十二月十一日の昼下がりだった。

早速、書面の文字を追った。

「そうか、三両を渡せたか」

気になっていたから、正紀が高坂を捜し出し三両を与えたことを知って安堵した。面と向かって褒める気はないが、杳《よう》として知れない男の行方を捜し当てたのは見事だった。

命じはしたが、たやすくできることだとは考えていなかった。

尾張は嫌いだが、正紀は鰯の件で使える者と分かった。今回も、期待を裏切らなかった。ただ認めはしたが、それで好意を持ったわけではなかった。

さらに三十年かけて捜せなかった武藤兵右衛門を、越路屋にまで繋げて近づけたことには、さすがに魂消た。たとえ違う人物だとしても調べる過程に落ち度はない。書かれている内容を読む限り、越路屋が武藤だというのは九割がたそうだろうと思えた。

「わしにとっても、三十年は長かったぞ」

正森は呟いた。五年にわたって行われた武藤の不正を見抜けなかった。それが仇討ち騒ぎの端緒《たんしょ》となった。高坂市之助には、無為な三十年を過ごさせてしまったという負い目があった。

当時部屋住みだった市之助の顔は知らない。見る機会はなかった。ただ仇討ちの許し状を出し、旅立ったという知らせは受けていた。武藤の不正が明らかになったときから、高坂市之助のことは気持ちの底に残っていた。

路銀については、先の三両だけでなく、続けて与えてもいいと思った。それが今になって、解決の兆《きざ》しを見せてきた。

武藤兵右衛門の顔は、忘れていない。瞼の裏に浮かぶ。三十年を経ても、確認でき

る。越路屋の悪巧みであ
る自信はあった。

すぐにも飛んでいきたいと思ったが、正紀はもう一つ依頼をしてきた。

困窮する武家娘を売りつける旗本と女衒、そして女郎屋の楼主越路屋の悪巧みであ
る。越路屋は、武藤ではないかと予想した上での話だ。

金を貸すことも利を得ることも不正ではないが、返済できない者から御家人株を奪ったり娘を苦界《くがい》に落とさせたりするのは、旗本にあるまじき行為だった。直参にしろ藩家にしろ、武家はどこも内証が苦しい。それを食い物にするやり口は、許しがたいと正紀は記していた。

「ほう」

その記述にも、正森は驚きを感じた。尾張の者たちは、目指すことのためならば何でもするし、幕閣の中で力を得るために常に汲々《きゅうきゅう》としているという印象があった。微禄の者の思いなど斟酌《しんしゃく》しない。

正国も有能だったが、そういう尾張のやり方を踏襲《とうしゅう》していた。高岡藩がそれで大きくなったとしても、血縁のない自分は言いなりにはならないぞという意地があった。

「あやつは尾張でも、ちと違うぞ」

文を読み終えて、正紀に対してそういう気持ちが正森の中に芽生えた。ともあれ連

れられてくる武家の姉妹について、調べてみようと思った。

「好き者の網元に引き渡すわけか」

鰯は一時《いっとき》不漁だったが、今は回復している。沖へ出れば、充分な漁ができていた。

そこで松岸屋が鰯を仕入れている網元甲子《きね》右衛門《えもん》に話を聞くことにした。甲子右衛門とは、先代のときからの付き合いがあり、窮地を救ってやったこともあった。

正森は、海辺に近い甲子右衛門の屋敷へ赴いた。

「漁師は皆、明日をも知れない海で暮らしていますから、女は欠かせませんね」

正森から事情を聞いた甲子右衛門は言った。

銚子は豊かな土地だから、女はいろいろな形で入ってくる。女衒が江戸から女を連れて行くのは、町の女郎屋だけではない。

中でも上玉は、直接網元や豪商、豪農のもとへ連れて行った。金になると思えば、何でもするのが女衒だ。

「網元が手に入れるとある。そこから割り出せぬか」

武家の美姉妹となれば、触手を伸ばそうとする者はいるに違いない。二人は病持ちだが、それは隠しているだろう。

「そうですね」

わざわざ江戸の武家の姉妹を望む男は、金があって好みにうるさいはずだ。

「思い当たる者がいるか」

甲子右衛門は腕組みをしながら、少しばかり首を傾げた。そして正森に目を向けた。

「頭に浮かんだ者が、二人あります。飯貝根の乙三郎《おとさぶろう》と外川《とかわ》の八十兵衛《やそべえ》です」

「おお、あいつらか」

商いでの関わりはないが、正森も知っていた。乙三郎は四十代半ば、八十兵衛は五十をやや過ぎた歳だった。どちらも何艘もの漁船を持ち、多数の網子《あご》を抱えている。

「どちらも好き者ですぜ」

「よし。当たってみようではないか」

正森は甲子右衛門を伴って、まずは乙三郎のところへ行った。

「こりゃあ小浮《こぶけ》の旦那、わざわざのお越しで」

正森は公儀には、国許の高岡にいると届《とどけ》を出している。勝手に国許を出ることはできない。そこで小浮森蔵《もりぞう》と名乗って、銚子や江戸へ出ていた。偽名は領内にある村の名を使った。

正森は武家であり歳も上だから、乙三郎は下手に出た物言いをしていたが、怯んでいるわけではなかった。

「江戸から、俣蔵という女衒が美貌の武家姉妹を連れてくるそうだ。覚えはないか」

余計なことは伝えない。用件だけを告げた。

「ほう。江戸の美しいお武家の姉妹ですか。ご直参ですかい」

「そうだ」

「そりゃあ楽しみだ。ぜひうちに欲しいが、そんな話は来ちゃあいませんぜ」

乙三郎は正森を平然と見返した。本音を語っているように見えた。

そこで次は、外川の八十兵衛のところへ行った。

「ご直参の武家娘ねえ」

関心は持ったらしい。しかしすぐに首を横に振った。

「そんな話は、聞きませんねえ。姉妹じゃなくても、一人で充分ですぜ」

と言って笑った。それ以上は、問い詰められなかった。

「どうしますかい」

八十兵衛の屋敷を出たところで、甲子右衛門が問いかけてきた。次の手立てが浮かばないといった顔だ。

「そうだなあ」

正森は、八十兵衛の屋敷の門前でたむろしていた四人の漁師たちに声をかけた。

「ここへ、俣蔵という女衒が訪ねて来なかったか」

「女衒ですかい」

漁師たちは、卑し気な笑いを口元に浮かべた。

「いや、来ちゃあいませんねえ」

一人が答えた。

そこで正森は、甲子右衛門と共にもう一度飯貝根の乙三郎の屋敷の前に行った。ここには漁師はいなかったので、船着場へ行った。そこには五人の漁師がいて、船具の手入れをしていた。

「女衒なんて、おれには縁がねえぜ」

「まったくだ。だけどよ、そんなふうに見えなくもねえやつが、何日か前に来ていたじゃねえか」

「ああそういえば」

正確な日にちは分からない。ただそう前のことではないと漁師たちは言った。

「よしよし」

これだけ聞いた正森は、甲子右衛門と共に領主高崎《たかさき》藩の出先である銚子役所へ行った。

ここに詰めていた先の郡奉行《こおりぶぎょう》納場《のうば》帯刀《たてわき》は、〆粕と魚油商いの不正に関わって失脚していた。今は田坂吉之助《たさかきちのすけ》という者が、後任として派遣されていた。

「これは、小浮殿」

四十歳前後の田坂は、正森を年長者に対する態度で迎えた。納場の不正を明らかにしたのは、高崎藩の隠居した元上士で小野田孫兵衛《おのだまごべえ》という者だった。しかしその裏で力を尽くしたのが正森だった。

田坂は小野田から事情を聞いているので、小浮森蔵には赴任当初から好意的だった。

「頼みたいことがある」

正森は、単刀直入に言った。

「何でございますかな」

「これから人を訪ねるが、その折傍にいていただければありがたい」

飯貝根の網元乙三郎を再び訪ねる。その理由を伝えた。

「傍にいていただくだけでかまわぬ。もしわしがすることに異議があるならば、そのときは口を出していただきたい」

「分かり申した」

連れ立って、乙三郎の屋敷へ行った。

「これは」

乙三郎は、田坂の顔を見て仰天したらしかった。もちろんあからさまには顔に出さなかったが、正森は乙三郎の顔に表れた一瞬の動揺を見逃さなかった。

高崎藩領である銚子一帯では、町も湊も郡奉行の支配を受ける。新任とはいえ、田坂はこの地では権力者だった。

「江戸の直参の姉妹が、銚子に連れられて来るのは明らかである」

正森はそこまで言ってから、乙三郎を睨みつけた。そして続けた。

「それはよしとして、その方は女衒の俣蔵の手引きで旗本北澤大膳や越路屋総左衛門が証文を得た直参の姉妹を手に入れるやり取りをしたであろう」

「…………」

答えないが、乙三郎は田坂に目をやった。

「これは不法ではない。正直に話したところで、その方は罪にはならぬ。だがな、隠したとなると、その方は実のない者となる」

後で調べれば、分かることだと付け足した。

「畏れ入りました」

乙三郎は頭を下げた。

それからは、すらすらと話をした。乙三郎は越路屋を知らなかったが、北澤のことは知っていた。

「直参の娘とはいっても、どのような娘が来るか分かりません。大金を出しますのでな、それなりの器量でないと」

俣蔵は、北澤が寄こす娘に関する書状と似顔絵を添えて話をしてきたので金を出すことにした。

「これがそれでございます」

乙三郎は、姉妹の似顔絵を見せた。確かに美姉妹だった。

「その書状と似顔絵を預かることができるか」

正森は、にっこり笑って所望《しょもう》した。

「もちろんでございますよ」

乙三郎は、田坂にちらと目をやってから大きく頷いてみせた。

五

外出から帰ってきた松之丞が、正兵衛に、屋敷の門前に深編笠の不審な侍がいると伝えてきた。顔は分からない。

「北澤家の衣山かもしれません」

体つきからしてそうではないかと松之丞は続けた。

また琴絵を寄こせという話かと、腹が立った。二度と来るなと、塩でも撒いてやろうかと考えた。北澤らに琴絵まで渡すならば、御家人株を売った方がましだと考えるようになっていた。

外に出てみたが、深編笠の侍の姿はなくなっていた。

「何をしに来たのでしょう。我が家の様子を窺っていたのは、間違いありません。私の姿を目にして、門前から離れました」

松之丞は言った。松之丞は時折身分を隠し、浜町河岸の船着場で荷運びをして日銭を稼いでいた。これは馬橋家にとっては、貴重な実入りになっていた。

話を聞いた後で琴絵の様子を見に行こうとすると、部屋の中で咳をしていた。正兵衛はそれを聞いて、きりきりと胸が鋭いもので突かれるような痛みを覚えた。充分な手当てをしてやれない自分が、歯痒《はがゆ》く情けない気持ちだった。

「大丈夫か」

と声をかけたい。

「大丈夫です」

と返ってくるのは、分かっていた。「大丈夫ではない」と告げられても、自分には何もできない。琴絵も分かっている。満足に薬湯も、飲ませてやることができなかった。

だから気軽に、声もかけられない。隣の部屋からの咳を耳にしながら両手を合わせた。そして白湯《さゆ》の用意をする。

父も妻も、労咳を病んで亡くなった。琴絵と千寿はその看病に当たって、罹患《りかん》した。父や妻のときには、薬代に金をかけられた。もちろんそれは次年度以降の禄米を担保にして札差から借りた。しかし今は貸し渋りで金子が作れなかった。

琴絵や千寿に病がうつったことに気づいたときは愕然とした。初期の内に、湯治に行かせたり高価な薬を飲ませたりすれば良くなるかもしれなかったが、それはできなかった。

すでに北澤を始めとする札差ではない町の金貸しから、金を借りていた。こちらは、月が経つほどに利息が利息を生んだ。

馬橋家は微禄とはいえ、代々直参の家だ。それを自分の代で失うのは、先祖に顔向けができないという気持ちが大きかった。家名を守るために、正兵衛は千寿を手放したが、それは断腸の思いだった。

琴絵よりは軽いにしても、千寿も病を得ていた。俣蔵に連れられて行って、今どうしているかと考えると涙が出た。

御家人株を売るか娘を売るか、どちらかを選ばなくてはならない羽目に陥《おちい》った。琴絵と千寿は、それぞれ自分が家を出ると言った。特に千寿は頑《かたく》なだった。病は琴絵の方が重かった。それは祖父や母の看病を、一家の中心になってしていたからだ。

それを踏まえての、千寿の発言だった。

正兵衛は、千寿の発言に負けた。それが大きな悔いになっていた。

労咳は、日に当たれと言われていた。琴絵には、晴れていれば庭に出て日に当たるように伝えていた。とはいえ何かがあっては困るから、屋敷の敷地からは出るなと話した。激しい咳でも出たら、路上ではどうにもならない。

「それにしても、まだ借金が残っている」

このことが頭を占めている。しかし高利貸しはこりごりだ。北澤や独楽次郎の話に乗るなど、言語道断だった。

胸の内は、御家人株を売る方向で決まっている。ただ最後にもう一度だけ、札差に頼んでみようと考えた。もう一年先の禄米を担保に、金を借りようと思ったのである。

正兵衛は浅草蔵前《くらまえ》通りに出て、禄米の取り扱いをしている札差の店へ行った。店の前には、同じように金を借りに来た顔見知りの御家人がたむろしていた。

「馬橋様には、お貸しできませんね」

物言いこそは丁寧だが、対談した手代はまったく貸そうとする気配を見せずにそう言った。

「いや。借りるのは、これで最後だ」

「前にも、そうおっしゃいました」

粘ったが、どうにもならなかった。

「やはり、借りられませんでしたな」

店の外に出ると、顔見知りの中年の御家人が言った。無役の者で、禄高も同じ程度だと察せられた。具体的な額は分からないが、窮迫《きゅうはく》しているのは同じらしかった。

「まあ。どこか低利で貸してくれるところはないでしょうかね」

藁をも摑む思いで言った。せめて安い金利のものに借り換えられたらと思ったからだ。

「そんなところがあったら、拙者が行きたいところだ」

話を聞いていた他の御家人が言った。

「まあ、そうでござろうな」

「棄捐の令がなければ、もう少し借りやすかったのであろうが」

「まったく、偉い方々は何を考えているのか」

定信への不満を口にした者もいた。それぞれ勝手なことを話し始めた。正兵衛は、その中には加わらず、札差の店の前から離れた。

胸の内にあるのは落胆だが、琴絵だけは手放さないと腹を決めていた。

「そうでなければ、すでに家を出た千寿に申し訳が立たない」

気持ちが声になって出た。木枯らしが吹き抜けて、足元で落ち葉が舞った。

鬱々《うつうつ》とした気持ちで正兵衛は、屋敷が見えるところまで帰ってきた。屋敷に目をやりながら、立ち止まった。

「いつまでこの屋敷にいられるのか」

そんなことを考えた。と、そのときのことだ。門の前に、黒塗りの御忍び駕籠が停まっているのに気がついた。

「はて」

何事かと目を凝らすと、深編笠の侍一人と、破落戸《ごろつき》ふう二人が道に飛び出してきた。破落戸の一人は、何かを肩に担っている。

「あれは」

すぐに気がついた。琴絵に違いなかった。どうやら、気絶させられているらしい。破落戸は、琴絵を駕籠に押し込むと棒を担った。そのまま、門前を去って行く。そしてこれを追って、刀を抜いた松之丞が飛び出してきた。

「おのれっ」

琴絵が攫われようとしているのが分かった。正兵衛は、必死で駆けた。深編笠の侍は、松之丞と戦っている。一撃を浴びせかけていた。

松之丞はそれを躱したが、侍の動きは速かった。松之丞は受けるばかりで、攻撃に転じられない。

徐々に追い詰められてゆく。袖を斬られた。

琴絵を乗せた駕籠を追いたかったが、それどころではなかった。深編笠の侍は、松之丞の肩先を狙って一撃を放とうとしていた。

もう松之丞は、迫りくる刀身を躱せない。

「とう」

正兵衛は刀身を前に突き出した。振り下ろされた一撃を、正兵衛の刀身が撥ね上げた。それでこちらが二人になった。

しかし相手は、もう攻めてはこなかった。刀身を握ったまま走り出した。琴絵を攫った駕籠の行き先とは反対の方向だった。追いかけたいが、それはできなかった。

「駕籠だ」

正兵衛は叫び、駆け出した。

「はっ」

松之丞は顔を引き攣《つ》らせていた。琴絵を奪い返さなくてはならない。駕籠が去って行った道を駆けた。駕籠はすでに角を曲がって見えなくなっている。走りながら、刀を鞘《さや》に納めた。

角を曲がった。しかしその先には、御忍び駕籠の姿はなかった。辻番小屋があったので、番人に問いかけた。

「御忍び駕籠が通らなかったか」

「あちらへ」

指差しされた方向へ走った。ついに、大川端へ出てしまった。どちらに目をやっても、御忍び駕籠の姿はなかった。

「駕籠が、通りませなんだか」

正兵衛は、通りかかった初老の侍に問いかけた。

「さあ、見かけぬが」

どきりとした。大川の広い川面《かわも》に目をやった。すでにそれらしい姿はなかった。駕籠ごと舟に乗せられたのならば、追いかけようがない。

正兵衛と松之丞は、呆然として河岸の道に立ち尽くした。

第五章　因縁の勝負

一

「何だと、琴絵殿が攫われただと」

　正紀が馬橋家にあった事件を知ったのは、その日の暮れ六つ前あたりだった。正兵衛と松之丞が、青ざめた顔で高岡藩上屋敷を訪ねてきた。

　攫われた琴絵を捜したが、どうにもならなかった。

「北澤屋敷へも参りましたが、相手にされませんでした。越路屋でも同様でした」

　血相を変えた二人が訪ねてきたところで、相手にするわけがない。証拠を残さずに、攫ったのだ。

　越路屋では、他に琴絵を攫う者など、頭に浮かばない。

　土地の岡っ引きが出てきた。

「家捜しもかまいませんがね。もしいなかったら、この場で腹を切っていただけるんですかい」

とやられた。

思い余って、先日訪ねてきた正紀を頼ってやって来たのだった。

「お力を、お貸しいただきたい」

正兵衛と松之丞が、頭を下げた。

「ならば、確かめよう」

正紀には、先手を打たれたという思いがあった。まさかそこまで、乱暴な手段に出るとは思わなかった。

御法度《ごはっと》に触れるのは明らかだ。敵は、腹を決めて襲ってきたことになる。

北澤屋敷には源之助と松之丞を、越路屋へは植村と高坂に向かわせた。もちろん、正面から訪ねるのではない。

すでに正兵衛と松之丞が訪ね、何の手掛かりも得られなかった上に、相手に警戒をさせる結果になったと思われた。琴絵を攫われて、父子は逆上をしていた。

北澤屋敷では、辻番小屋を含めた周辺での聞き込みをさせる。越路屋では、客以外で駕籠による人の出入りがなかったかを確かめさせることにした。琴絵を歩きで移動させることはありえないからだ。

山野辺にも、事件を伝えた。

町木戸の閉まる夜四つ（午後十時）近くになって、それぞれ戻ってきたが、不審な動きは見られなかったと報告があった。

「衣山は、どうした」

「辻番小屋の爺さんの話では、日が落ちる前に戻っていたようです」

源之助が答えた。

「総左衛門と独楽次郎の動きは、掴めませんでした」

植村が、腹立たし気に言った。出かける姿を見た者はいなかった。黒塗りの御忍び駕籠が近寄った形跡はなかった。

「そうなると、どこか違った場所に隠したことになるな」

明日は、そこを捜さなくてはならなかった。

翌早朝、山野辺と大志田参之助が、高岡藩上屋敷に姿を見せた。参之助の怪我はまだ完治にはほど遠いが、琴絵までが攫われたと聞いて、じっとしてはいられない気持ちになったらしかった。

正紀は、高坂や源之助、植村や馬橋正兵衛と松之丞を含めた八人で、琴絵の行方を探る手順を確かめた。

「深編笠の侍が北澤家の衣山で、駕籠を担って逃げたのが俣蔵と独楽次郎ではないかと見ております」

侍と戦った松之丞が言った。賊は琴絵が庭で日に当たっていたときに襲ってきた。三人とも顔に布を巻いていたと付け足した。

「俣蔵は江戸へ出てきたときには、深川佐賀町の佐原屋という旅籠に寝泊まりをしていました」

参之助が言った。

今日もいるかどうかは不明だが、宿の者や定宿にしている客で、俣蔵を知っている者がいるかもしれないという話だった。

「では、そこから探ろう」

ただ越路屋や北澤屋敷についても、捨て置くわけにはいかない。

「植村と高坂は、越路屋の様子を探れ」

「ははっ」

千寿はまだ越路屋にいるのか、いないのか。いるならば、いずれは連れ出されることになるだろう。行方を確かめなくてはならない。正兵衛は、何かあったときのために、馬橋屋敷で待機をする。

源之助と参之助には、北澤屋敷を見張らせることにした。そして正紀と山野辺、松之丞は、深川佐賀町の旅籠佐原屋へ行った。

大川に面した建物だ。建物自体は古いが、手入れはきちんとされていた。客のいない今頃が、のんびりする刻限らしかった。

敷居を跨ぐと、番頭らしい初老の男が帳場で居眠りをしていた。起こして問いかけた。

「保蔵さんは、お泊まりになっていません」

山野辺の問いかけに、番頭だと告げた者は答えた。

「賊の一人は保蔵で間違いありません」

襲ってきた破落戸二名は、どちらも顔に布を巻いていた。しかしそれでも、二人は保蔵と独楽次郎だと松之丞は言った。

「いるとしたら、琴絵殿を隠した場所だな」

保蔵が行きそうな場所を、正紀は番頭に尋ねた。

「お客さんというだけですから、詳しいことは存じません。金貸しか、女郎屋あたりではないでしょうか」

どうでもいいといった口ぶりだった。番頭は、保蔵が女衒だということを知っていた。

山野辺は、佐原屋のすべての奉公人を集めさせた。

「どこかの家の、離れを借りるといった話は聞いていないか」

一同を見回した。しかし返事をした者はいなかった。旅籠で過ごす様子についても訊いた。

「あの人、湯屋が好きでした。泊まっている間は、毎日行っていたと思います」

若い女中が言った。町内の湯屋だ。早速、出向いた。

「保蔵さんは、覚えています」

番台にいた老人は覚えていた。自分の桶を持っていて、おひねりもよく寄こしたそうな。

「では、湯上がりにいろいろ話をしたのではないか」

「まあ、どうということのない話ですが」

「よく行く町の名について、話したことはなかったか」

「そういえば、猿江《さるえ》御材木蔵《おざいもくぐら》のあたりへ行ったとかなんとか、耳にしたことがあります」

　猿江御材木蔵は大横川の東で、竪川の南に位置する。江戸の外れであることは間違いない。周囲は田圃《たんぼ》だ。

「あのあたりは、物置小屋が結構あるぞ」

　山野辺が言った。

　そこで三人で行って、周辺の者に尋ねた。田圃は刈り取られて、茶色い地肌が広がっている。群れた雀が、鳴き声を上げて飛んでいた。

　近所の家へ行って松之丞が問いかけた。松之丞は、一刻でも早く捜したいと焦っている。

「近頃、空き小屋に入り込んだような者はいないか。あるいは、誰かに貸したという話を聞かぬか」

「聞きませんね」

　目についた小屋すべてを当たったが、琴絵が捕らえられている気配はどこにもなかった。

　手掛かりを得られない内に、冬の日は沈んでしまった。

屋敷へ帰って、京と話をした。

「俣蔵の線から探るのは、難しそうですね」

「うむ。北澤にも越路屋にも、動きはなかった」

「警戒をしているのでございましょう」

「そうなると、動きようがないな」

腹立たしい気持ちで、正紀は呟いた。こうしている間にも、琴絵はどこか遠くへ運ばれてしまうかもしれない。

「銚子の富裕な網元は、姉妹が一緒であることを望んでいるのでしょうか」

「そう聞いたが」

「だとしたら、必ず千寿どのも動きがあるはずです」

「それはそうだ」

「運ぶのは、船でございましょう」

琴絵を捜せない以上、千寿の動きを探るしかなさそうだった。

二

翌日、三十三間堂町の見張りは、源之助と高坂、松之丞に行かせた。越路屋だけでなく、油堀にも気をつけさせた。千寿を他の場所へ移すには、駕籠か舟を使うと考えられるからだ。

近くの船着場に、追跡用の小舟も用意させた。

早朝から深夜に至るまで見張らせたが、動きはなかった。

さらに次の日の夕暮れどきになって、正森から、高岡藩上屋敷の正紀に知らせがあった。江戸に着いたので、南六間堀町のお鴇の住まいへ来るようにというものだった。

関宿での船の乗り継ぎ事情もあるが、おおむね正紀の文を読んですぐに動いたのに違いなかった。

早速、出向いた。

使いをやって、三十三間堂町に見張りに出ていた高坂も南六間堀町へ来るようにと伝えた。

「早速のお越し、かたじけなく」

「いや。その方のためではない」

正紀は、ここまでに至る越路屋総左衛門と番頭独楽次郎、北澤や衣山、俣蔵の動きについて詳細を伝えた。

「そうか。やつらは、言うことを聞かない姉の方を攫ったか」

「はっ。隠している場所は異なりますが、姉妹を手に入れたことになります」

「抜かりのないやつらだな」

話をしているところへ、高坂が駆けつけてきた。正森は、目通りを許した。

「大殿様」

高坂は涙ぐんだ。

「苦労をしたな」

明日にも、越路屋総左衛門の顔を見に行くと告げた。正森が家臣に対して優し気な声掛けをしたのを正紀は初めて見た。

正森は国許高岡にいることになっているから、証人になることはできない。ただはっきりすれば、高坂は自信をもって名乗りを上げられる。疱瘡の瘢痕《きずあと》という動かしがたい証拠もあった。

「その方らに、見せたいものがある」

正森は、懐から油紙に包まれた書状を取り出した。大事なものらしい。受け取った正紀は、すぐに書状を広げた。

読み終えた正紀は、覚えず声を上げた。一枚は江戸の直参の姉妹を銚子で売買する旨が記された北澤の署名がある書状だった。もう一つは、娘二人の似顔絵である。

「おお、これは」

「銚子の網元乙三郎から受け取ったものだ」

「なるほど。似顔絵は、馬橋家の姉妹のものですな。姉の方はよく似ております」

書状には馬橋家姉妹の名の記載はなかったが、似顔絵が足りない記載を補っていた。妹の千寿は会ったことがないので分からないが、姉の琴絵はひと目で本人と分かる絵だ。

「よく、手に入りましたな」

「北澤は、相手が遠方の者と高を括って書状を出したのであろう」

将軍家の旗本が直参の姉妹をそれと承知で網元に売り飛ばそうとしている証拠の品だった。御法には触れなくても、定信ら幕閣から怒りを買うのは間違いなかった。

「さすがでございます」

正紀は称《たた》えたが、正森は「ふん」という顔だ。

「北澤も越路屋も、酷いやつらでございます」

高坂は、怒りを露《あら》わにした。

正紀は正森に、攫われた琴絵が北澤屋敷にも越路屋にもいないことを伝えた。

「近いうちに銚子へ運ぶ手筈だ。探られるような場所には置くまい」

「さようでございますな」

「千寿はいずれ、越路屋から出さなくてはならぬ。越路屋の見張りを、厳重にいたせ。夜を通して見張れ」

「はっ」

源之助と植村、松之丞、高坂には、交代で夜通しの見張りをさせる。その場所の確保をさせた。河岸場と越路屋の間にある物置小屋だ。

しかし、その夜の連れ出しはなかった。

翌朝、深編笠を被った正森と正紀は、三十三間堂町へ足を向けた。源之助らは、夜通しの見張りを交代でしていた。その中の、高坂を呼び出した。

「これから、総左衛門の顔を確かめるぞ」

「ははっ」

高坂は、正森の言葉に緊張を隠せなかった。ぶるっと震えたのは、武者震いだろう。

三人は越路屋からやや離れたところで、見世の様子に目をやった。町の者の出入りはあるが、客はいない。女たちの笑い声が、どこかから聞こえた。

「現れぬな」

一刻ほど見張ったところで、正森が声を上げた。苛立《いらだ》ったようだ。

さらにときが過ぎ、各見世の出入り口に花暖簾がかけられた。女郎が張見世に姿を見せた。昼見世が始まったのである。

「見世に、客として入ろう」

総左衛門は現れないままだ。正森は、痺れを切らせたようだ。

「向こうに、気づかれるのでは」

「大丈夫だ。わしは頭巾を被る」

用意をしていたのは、周到だった。高坂は、外で待つ。

「その方も、参れ」

正紀は告げられた。

「それは――」

異論はないが、「客として」というところが気になった。京の顔が、頭に浮かんでいる。

遊んだわけではないが、吉原へ行ったことがあった。そのときは、しばらく不機嫌だった。

「金子は、出してやるぞ」

と言われたが、問題はそこではなかった。

「あっ」

そのとき、高坂が小さな声を上げた。正紀と正森は越路屋の出入り口に目をやった。

羽織姿の総左衛門が、花暖簾を分けて出てきたところだった。旦那ふうの客を、見送りに出てきたようだ。出入り口の前で、立ち話をしている。愛想のいい顔だ。

正森は、その顔を凝視した。正紀と高坂は息を詰めた。

総左衛門は、立ち話を済ませると店の中に入った。正森は、ふうと息を吐いた。

「あれは、武藤兵右衛門に違いない」

声は小さかったが、断ずる響きがあった。

「ううっ」

高坂が、腰の刀に手を添えて前に出ようとした。正紀はその腕を摑んだ。

「今はならぬ。機会は、必ず与えるゆえ」

それで高坂は我に返ったらしかった。攫われた琴絵を奪い返すことの方が先だった。

「総左衛門は、逃げることはないぞ」

正森も言った。生きていたことが確認できただけでも、幸いだった。

その日の暮れ六つ過ぎ、町が闇に覆われた頃、源之助と高坂は越路屋を見張っていた。見世の表の出入り口ではなく、裏手の方にいた。

北風が吹き抜けるが、あまり寒さは感じなかった。昨夜何もなかった分、今夜こそ何かあるのではないかと話していた。

「あれは」

源之助は、越路屋の裏木戸が開かれたのに気がついた。いつもならば、軋み音が響く。しかし今回はなかった。

黒い影が動いた。提灯《ちょうちん》は手にしていないが、人だとは分かった。源之助は高坂の腕を、肘《ひじ》で突いた。

「確かに」

高坂が囁《ささや》き返した。頭巾を被った女と、数人の男。提灯は誰も手にしていない。油堀へ向かった。

源之助と高坂は、息を詰めて後をつけて行く。闇でも、歩みに迷いはなかった。

「奪い取りますか」

「いや、後を追いましょう」

高坂の言葉に、源之助が答えた。正紀に命じられていた。一人だけではなく、姉妹を奪い取らなくてはならない。

女を交えた人影は、油堀河岸へ出た。このときには、女の他に男が二人だと分かった。船着場には、小舟が舫《もや》ってあった。

三人は、その舟に乗り込んだ。提灯の明かりは、ないままだ。近くの船着場には、明かりを灯した猪牙舟《ちょきぶね》が客待ちをしている。女郎屋からの、帰りの客を乗せるつもりだろう。

微かな艪《ろ》の音を立てて、舟は水面《みなも》を進んだ。木場《きば》方面へ向かって行く。

「よし」

源之助と高坂は、かねて隣の船着場に舫っておいた小舟に駆け寄って、乗り込んだ。艫綱を外し、源之助が艪を握った。

木置き場に出た。このあたりに来る舟はない。闇があたりを覆うだけだ。木の香が、強くにおってくる。

「おおっ」

暗がりから、いきなり何本もの材木が倒れてきた。ばしゃりと水飛沫《みずしぶき》がかかった。

小舟は激しく揺れた。陸に、足音が聞こえた。河岸道から何者かが、材木を水面に落としたのだと分かった。

源之助が漕ぐ舟は、行く手に横たわる材木を避けなくては進めない。船首で高坂が、横たわる材木を手で押した。多少、手間取った。

ようやく、前に進めるようになった。しかし木置き場の掘割は、ところどころで行き先が分かれた。

「どこへ行ったのか」

先に行った舟の行方は、闇に紛れて分からない。先へ行けば、大横川に出るが、油堀へ戻ることも仙台堀へ出ることもできた。

その見分けはできなかった。

「くそっ」

源之助は、奥歯を嚙みしめた。

三

屋敷に戻った源之助は、申し訳ないという顔で事の次第を正紀に伝えてきた。

「そうか」

さすがに正紀も焦った。せっかくの、好機だった。何かあったらすぐに動けるように、正森も屋敷にいた。

「見張りがあることを察した上で、移動をさせたわけだな」

追う舟の前に、材木を落とすなどあらかじめ企んでおかなければできない。

「そうなると、江戸を発つのは早いですね」

源之助らと共に戻って来た松之丞が言った。

「今夜にも、出てしまうでしょうか」

高坂は、焦りの色を見せた。

「いや、それはないだろう」

正紀は応じた。確かめられないが、二つの男の影は独楽次郎と俣蔵ではないかと考えられる。だがその二人では、姉妹を銚子へ運ぶのは手間がかかりすぎる。江戸川や利根川を行くには、小舟では無理だ。

それなりの船に乗せるならば、すぐに発てるとは思えなかった。

「明るいうちでは移せないとして、今夜千寿殿を越路屋から出したのでございましょう」

植村の言葉は、正紀の気持ちでもあった。しかしどこへ行ったのか。

「ともあれ、当たれるだけ当たろう」

明日になれば、朝にも江戸を出てしまうかもしれない。とはいえ闇雲《やみくも》に当たるわけにはいかない。

「闇に消えた小舟だが、再び油堀へ戻ることはあるまい。姉妹の隠し場として考えるならば、舟も人も少ない大横川を選ぶのではないか。舟が進んだ方向もそちらだ」

正森の言葉に、一同は頷いた。そこで正紀は、植村と高坂、松之丞に大横川を当たらせることにした。他に高岡藩士五名をつけた。それぞれに、龕灯《がんどう》を持たせた。

山野辺にも、事情を伝える使いの者を走らせた。

そして正紀は、源之助を伴って深川佐賀町の旅籠佐原屋へ行くことにした。

「わしも行こう」

正森も、じっとしてはいられないらしかった。これで八十一歳というのは、信じられなかった。

それぞれで屋敷を出た。すでに夜五つ（午後八時）を過ぎて、道に人影はない。

正紀ら三人は、深川佐賀町に着いた。すでに戸は閉じられていたが、戸を叩いた。出てきた番頭に問いかけたが、俣蔵はいなかった。

「宿の奉公人を、すべて呼べ」

正森が言った。番頭は迷惑そうな顔をしたが、正森の眼光に怖れをなしたらしかった。正紀は、山野辺の名を出した。

「分かりました」

番頭は、出入り口の土間に奉公人たちを集めた。すでに寝床に入っていたらしい小僧は、寝ぼけ眼だった。

「俣蔵について、分かることを話せ」

正森は、厳しい表情で告げた。寝ぼけていた小僧もそれで目を覚ましたらしかった。

正森のやり方は、容赦がなかった。

「いや、それが何も」

怯えた顔で、小僧の一人が答えた。そこで中年の女中が、遠慮がちに口を開いた。

「大川河岸の船宿初瀬《はつせ》から使いの人が来て、文を預かって俣蔵さんに渡したことがあります」

同じ佐賀町の船宿だ。

「いつのことだ」

「先月半ばです」

「それで俣蔵は、どうしたのか」

「夕方になって、出かけました」

今夜初瀬に行っているかどうかは分からない。佐原屋の奉公人から聞けた話は、それだけだった。

正紀と正森、源之助の三人は、船宿初瀬へ向かった。

闇の中から、大川の流れが聞こえた。初瀬の明かりは消えて、出入り口の戸は閉ざされていた。すでに町木戸の閉まる四つに近い刻限になっていた。

ともあれ戸を叩いた。しかし誰も出てこない。

「どうしたんで」

背後から声をかけられた。酔った初老の男が立っていた。手にした提灯が揺れている。初瀬の船頭だという。どこかで酒を飲んで、帰ってきたところらしかった。

正森は、すぐに五匁銀を握らせた。

「今夜、衣山もしくは独楽次郎、あるいは俣蔵なる者が泊まってはいないか」

「いねえですよ」

五匁銀を握らせたからか、丁寧な口調だった。船宿は宿と冠しても宿泊のためにあるわけではないから、泊まり客は少ないと付け足した。

「では、今夜の泊まり客はいないのだな」

落胆の声になった。しかし船頭は、首を横に振った。

「いや、主持ちの侍と商家の番頭ふうが、泊まっています」

「ほう」

「ここで旅支度をしていやした」

明朝江戸を発つ、ということらしかった。二人の歳や外見を聞くと、衣山と独楽次郎だと思われた。

「わしら三人も、泊めてもらえぬか」

正森はさらに五匁銀一枚を与えた。

「宿賃は、五割増しでよいぞ」

船頭は一度建物の中に入ったが、少しして出てきた。

「入りなせえ」

と言った。

通された部屋は、すでに泊まっている客と同じ二階の部屋だった。隣ではないが、他に客はいないという。

寝床は、船頭が並べて三つ敷いた。

「よろしいので」

源之助が恐縮した。

「かまわぬ」

正森は、着物を脱ぐと寝床に入った。正紀と源之助も、横になった。

最初に鼾《いびき》を立て始めたのは、正森だった。源之助の寝息も聞こえてきた。

正紀は、正森の鼾に耳を傾けた。藩主を辞して三十年、その間は藩や藩士のためには何一つしてこなかった老人が、狭い部屋で枕を並べて寝ている。それがどうにも、不思議な気がした。

高坂への思いはあるにしても、琴絵の誘拐は正森とも藩とも関わりのないことだった。総左衛門も仲間だから無縁ではないが、仇討ちとは別のものだ。

「なぜ、ここまでするか」

と考えて、正紀は前に京が口にした正森には「後悔がある」という言葉を思い出した。

翌未明、正紀は正森に揺すり起こされた。

「やつらが出るぞ」

それで目を覚ました。源之助も起こした。手早く、身繕《みづくろ》いを済ませた。

障子《しょうじ》を細く開けて、階段を下りる二人の姿を確かめた。やはり衣山と独楽次郎だった。

わずかに遅れて、正紀ら三人も船宿を出た。宿賃は、昨夜のうちに払っていた。

外はまだ暗い。冷たい川風が吹き抜けた。衣山と独楽次郎は、初瀬の舟に乗り込んだ。二人を乗せた舟は、川上に向かって行く。こちらも初瀬に頼んで、舟を出してもらった。

間を空けて、つけて行く。

二人を乗せた舟は、竪川に入った。そのまま東に向かって進んだ。そして現れた大横川も通り過ぎた。辿り着いた船着場は、柳原《やなぎわら》町あたりだと思われた。

この頃には、東の空が赤みを帯び始めている。

舟から衣山と独楽次郎が降りた。乗ってきた舟は帰さない。正紀たちが乗る舟は、離れたところに停めさせた。

亀戸村に近い柳原町は鄙びた町だ。

「このあたりに、琴絵殿や千寿殿を隠しているのでしょうね」

「うむ」

源之助の言葉に、正紀が頷いた。正紀ら三人も、舟から降りた。

四

衣山と独楽次郎は迷う様子もなく歩き、荒地に囲まれた小さな空き家ふうに入った。

町とはいっても、しもた屋や長屋、空き地があるばかりで、商家などは一軒もなかった。

正紀と正森、源之助の三人は、離れた物陰から建物に目をやった。通り過ぎるだけならば、目にも留めない。顔を出し始めた朝日が、あたりを照らした。

待つほどもなく、建物から数人の人影が出てきた。その中に、二人の娘がいた。縛られてはいない。ただ動きは鈍く、俣蔵が背中を邪険に押した。舟に向かうのだろう。

「馬橋家の姉妹です」

顔を検めた正紀は、声を落として言った。千寿の顔は知らないが、琴絵の顔は屋敷にいるのを見た。

「あの似顔絵と、よく似ておる」

正森は、船着場に向かう者たちに目をやったままで答えた。他にいるのは旅姿の衣山と独楽次郎、それに用心棒らしい二人の浪人者だった。浪人者ふうは旅姿ではないから、銚子へは向かわないと察せられた。

「敵は五人だな」

「はい」

手強そうなのは衣山だが、俣蔵や独楽次郎も油断がならない。喧嘩慣れしたやくざ者といった外見だ。

「その方は衣山をやれ。源之助は姉妹を奪え。わしは他の者を倒す」

言い終えた正森は、返事も聞かずに物陰に身を潜めながら近づいた。正紀と源之助も、それに続いた。

ここで逃がしては、機を失う。できるだけ近寄ってから襲わなくてはならなかった。

人質がいる。まずは賊から姉妹を引き離さなくてはならなかった。

五人は姉妹を逃がさぬように囲んでいる。先頭の二人が浪人者だった。

充分引き寄せたところで、刀を抜いた正森が浪人者の一人に襲いかかった。

「やっ」

浪人者は仰天したようだ。慌てて刀を抜いた。しかし正森の一撃を、躱すことはできなかった。

「うわっ」

正森は刀を峰に返していたが、鎖骨を砕く勢いがあった。浪人者は歯向かうこともできぬまま、前のめりに倒れた。

それで一同が抜刀した。俣蔵や独楽次郎も、長脇差を抜いた。

正森の動きは速い。陣形が乱れたところで、姉妹の体を源之助の方へ押した。源之助が前に出た。

正紀は衣山に躍りかかった。姉妹に近づく暇を与えない。斬り捨ててもいいという覚悟で、刀身を振り下ろした。

衣山の動きも素早かった。正紀の一撃を弾き返した。そのまま切っ先の動きを止めず、正紀の首筋を狙ってきた。無駄のない動きだった。

「くたばれっ」

憤怒《ふんぬ》の形相だ。

正紀は斜め前に踏み出しながら、相手の刀身を払った。そのまま小手を狙って切っ先で突いた。

衣山の体が、すっと横に逸れた。こちらの動きを見抜いていた。正紀の切っ先は、空を突いただけだった。

ただそれでは終わらせない。動きを止めず、前に踏み込みながら左の二の腕を突いた。しかしこれは払われた。

二人の体が、すれ違って離れた。

正紀が振り返ったときには、衣山は刀身を向けていた。地を蹴った。切っ先が、正紀の心の臓めがけて飛んできた。

「たあっ」

正紀の体勢は、まだ充分とはいえなかった。衣山はそこを突いてきた。

迫ってきた刀身を、正紀はかろうじて躱した。手が痺れるほど、力のこもった一撃だった。

二の太刀が、休む間もなく迫ってきた。小手を狙っている。小さな動きだから、動きに無理がない。

これも払ったが、それで正紀の体の均衡が微妙に崩れた。衣山はこれを好機と見なしたようだ。刀身を引いて、首筋を狙う動きに転じた。

ただその動きは大きかった。正紀には、まだ余力が残っていた。内懐に飛び込んだ。

「やっ」

胴を払った。渾身の力を込めてはいたが、刀身は峰に返していた。

「うっ」

見事に決まって、衣山は前のめりになった。その肩を、正紀は峰でさらに打った。

衣山の体が、転がるように前に倒れた。

正紀は、あたりに目をやった。もう一人いた浪人者は、すでに地に倒れていた。

正森の体が動いている。振るった刀身が、ちょうど俣蔵の小手を打ったところだった。

「うわっ」

鮮血が散って、俣蔵の長脇差が宙に飛んだ。

源之助は姉妹を背にして、独楽次郎と対峙《たいじ》していた。ゆとりのある攻めで、独楽次郎の二の腕を斬った。倒れたところで、源之助は腕を取りすぐに止血をした。

「怪我はないか」

正森が、姉妹に声をかけた。

「はい」

琴絵が返した。気丈な眼差しだった。

そして正森は、俣蔵の振り分け荷物を開いた。中から出てきたのは、油紙に包まれた千寿の借用証文だった。銚子の網元に渡すのだと察せられた。

正紀と源之助も目を通した。

「これは、いらぬものだな」

正森は、にやりと笑った。

「まことに」

正紀が頷くと、正森は証文を破り、竪川の水面に撒いた。そこへ、大横川を探っていた植村や高坂、松之丞や高岡藩士らが姿を現した。

「無事で何より」

松之丞は、姉妹に駆け寄った。

「兄上さま」

琴絵と千寿は、兄に抱かれて泣いた。

「千寿の証文は、竪川に消えたぞ。もう縛るものはない。屋敷に連れ帰るがよかろう」

正森は松之丞に告げた。

「ありがたいことでございます」

松之丞も、涙で頬を濡らした。二人の妹の無事に、安堵したのである。

正紀は源之助らに、浪人者を含めて捕らえた五人を深川鞘番所《さやばんしょ》へ運ぶように命じた。山野辺にも知らせの者を走らせた。

攫われた折の顚末については、琴絵から事情を聞いた。

「私は庭で、日に当たっておりました。そこへ現れたのが三人で、衣山と俣蔵、独楽次郎だというのは、ここのしもた屋に運ばれて分かりました」

庭で当て身を喰らわされ、気がついたときにはこちらへ移されていた。逃げ出す機会を図ったが、用心棒がいてできなかった。咳が出て、体も思うように動かなかった。どこへ移されるのかは、一切告げられなかった。

昨夜、千寿が連れられてきたのには驚いたとか。

知らせを聞いた山野辺が、鞘番所へ駆けつけてきた。正紀と正森は、問い質しに立ち会う。怪我をした者の手当ては、待つ間に行った。

夜を徹して琴絵の行方を捜していた植村や高坂らは、いったん藩邸へ戻した。眠らせなくてはならない。

浪人者の二人から尋問を始める。どちらも、東両国でぶらついていたところを俣蔵に声をかけられて仲間に加わった。詳しいことは知らされなかったが、姉妹を遠方へ運ぼうとしていたことは分かっていた。

それから俣蔵に当たった。

「馬橋の姉妹を銚子の網元乙三郎のもとへ運ぼうとしていたのは、間違いないな」

「へえ」

現場を押さえられていたし、乙三郎から手に入れた書状と似顔絵があったのでしらばくれようがなかった。しかし阿漕ではあっても不法とは言えない金貸しをしていた北澤が、なぜ琴絵を攫うという手立てをとったのか、その件では正紀も正森も得心がいっていなかった。

山野辺が、そこを質した。

「馬橋家の借金は、もうどうにもならないところまで来ておりました。しばらく放っておけば、正兵衛は音《ね》を上げると踏んでいました」

千寿だけでなく、琴絵も遠からず手に入れられる。

「なるほど。だから馬橋家を、衣山や独楽次郎が訪ねていたわけだな」

「ですが正兵衛は琴絵を手放すのではなく、御家人株を手放すと腹を決めました」

「正兵衛殿は、千寿殿を手放したことを深く後悔していたからな。だがその方らには、都合が悪かったわけだな」

「さようで。銚子の乙三郎は、似顔絵を気に入って、ぜひにも二人姉妹で欲しいと言ってきました。あの人は待ち切れないとして、すぐに連れてきたら一人につき二百両出すと言ってきました」

二人で四百両というのは、めったにない高額だったとか。

「その金子に、目が眩んだわけだな」

独楽次郎にも、尋問をした。同じ答えが返ってきた。

「その方は、総左衛門の指図に従ったわけだな」

「もちろんで」

衣山にも問い質しを行った。姉妹から得られる四百両は、手っ取り早く手に入るとして、手荒な真似をすることにした。

「馬橋家に様子を見に行った。正兵衛が出かけたので、屋敷には琴絵と松之丞しかいないと分かった。急ぎ駕籠の用意をして、三人で出向いた」

「北澤も承知のことだな」

「指図がなければ、動けない。駕籠は北澤家のものだった」

御忍び駕籠だから、家紋はついていない。使いやすかった。

問い質しが済んだところで、北澤については、目付に事の次第を伝えて、衣山を引き渡した。網元乙三郎から受けた北澤の書状を添えた。

旗本である北澤への問い質しは、目付が行う。

五

同じ日の夕暮れ前、正紀と正森は、仮眠をとらせた高坂を呼び寄せ三十三間堂町へ向かった。一行には、衣山を目付屋敷に移送させてきたばかりの山野辺も加わった。高坂には、源之助と植村もついてきた。植村には、袋に入れた一振りの刀を持たせていた。

竪川河岸柳原町であった出来事については、越路屋へは伝わっていないはずだ。山野辺の手先の岩助に、越路屋の見張りをさせていた。

「独楽次郎たちが出かけた後、見世には変わった様子はありません。総左衛門も、出かけてはいません」

「ならば、やつらの企みが頓挫《とんざ》したことは、気づいていないな」

「と思いやす」

山野辺の問いかけに、岩助は答えた。総左衛門が気づいていたら、何らかの動きを見せるはずだった。

師走の日は、傾くのが早い。とはいえ夜見世が始まるには、まだ間のある刻限だった。

草鞋《わらじ》履きの高坂は、緊張している。改めて伝えてはいないが、これから何をするかは分かっているはずだった。三十年にわたる宿願が叶うのである。

山野辺が、花暖簾のかからない越路屋の敷居を跨いで、総左衛門を呼び出すように伝えた。腰の十手に手を添えてのことだ。

ただ高坂が来ていることは伝えない。

このときには、正紀と正森、源之助と植村は、逃げ道を塞ぐ形で離れて立っていた。

「どのようなご用で」

総左衛門が、奥から出てきた。山野辺は、通りに出るように命じた。総左衛門が通りに立つと、そこへ鉢巻と襷掛けをした高坂が姿を現した。

必死の面持ちで、目には三十年にわたる苦渋を押しつけられた憤怒の炎が燃えている。

「…………」

総左衛門は咄嗟に何だという顔をしたが、高坂の顔を見て、何かを感じたらしかった。しかし顔色が変わったのは、一瞬のことだった。

「それがし、下総高岡藩士高坂太兵衛の弟市之助である。兄の仇武藤兵右衛門、尋常の勝負をいたせ」

高坂は、腰の刀に左手を触れながら叫んだ。そして右手で、仇討ちの許し状を示した。

山野辺は、総左衛門が見世に逃げ込めないように出入り口を塞ぐ形で立っていた。遠巻きにした野次馬が、集まり始めた。

「おかしなことを、仰せられます。私は越路屋総左衛門でございます。高坂様などというお侍は存じません」

慌てる様子もなく言った。

「とぼけるな。その方は間違いなく、武藤兵右衛門だ」

高坂は、怒りの声を発した。

「何か、証拠がおありで」

そんなものはないだろうという顔だ。ふてぶてしさが、滲《にじ》み出ていた。

「証拠はあるぞ。その方の肩から背中には、疱瘡の瘢痕があるはずだ」

腹は立てているが、高坂は揺るがない口調で告げた。さすがに武藤は、それでわずかに顔を強張らせたが、それでもとぼけた。

「存じ上げぬことで」

「ならばもろ肌を脱いで見せよ」

「関わりのないお方に、見せるいわれはございません」

見世に戻ろうとしたが、山野辺が出入り口を塞いだままどかない。そして声を上げた。

「とぼけるのも、たいがいにしろ。肩や背を見せられぬのが、何よりの証拠ではないか」

ここで正紀も前に出ながら、叫んだ。

「その方は、武藤兵右衛門に違いない。拙者は高岡藩井上家の世子正紀である。この仇討ち勝負の、見届けをいたす」

ここで植村が、袋から出した刀を武藤に差し出した。

「おのれっ」

総左衛門こと武藤の顔が、はっきりと歪んだ。高坂は刀の鯉口を切った。何であれ斬りかかる覚悟だ。相手が武藤だと自信があるからだ。

武藤が刀を受け取った。高坂と武藤が刀を抜いたのは、ほぼ同時だった。

「おおっ」

野次馬たちが声を上げた。総左衛門は、町の旦那衆の一人だ。それが元は武士で、仇持ちだったという驚きがある。

女郎たちまでが、飛び出してきた。

刀を抜いた高坂と武藤が対峙した。まだ一足一刀の間合いにはなっていない。高坂が、じりりと前に出た。

正紀は固唾《かたず》を呑んだ。高坂に本懐を遂げさせたいが、ここからは剣の腕がものをいう。返り討ちがないとはいえない。ただ気迫では、高坂の方が勝《まさ》っていた。武藤には予期せぬ展開に驚きがある。

「たあっ」

まず高坂が刀身を振り上げ、前に飛び出した。武藤の脳天を打とうという勢いだ。渾身の一撃といってよかった。

しかし寸刻遅れて、武藤も前に出ていた。武藤は迫ってくる刀身を、横に払いながら斜め横に出た。そして刀身の動きを止めずに、高坂の二の腕に突きを入れた。

高坂は横に跳びながら切っ先を払ったが、武藤の狙いは確かだった。

「ううむ」

正紀は呻いた。町人として過ごしている武藤ではあるが、剣の腕は衰えていないと感じたからだ。

だが高坂には、怯む気配はなかった。わずかに横に回り込む形をとりながら、肩先を突く一撃を繰り出した。それは払われたが、次の動きは速かった。小手を狙っている。

刀身を払われることを見込んでの攻めだった。

それで決まるかと思われたが、武藤は体をそらしながら刀身を撥ね上げた。そのまま刀身の角度を変えて、攻撃に転じた。

相手の肩を狙う攻めだ。一瞬の間の反撃で、高坂の次の動きを計算に入れていた。

「ああっ」

見ていた者の多くは、それで決まったと感じたらしい。女の叫び声が上がった。それくらい、武藤の動きは確かだった。

高坂は一撃をどうにか躱したが、顔には驚愕《きょうがく》の色が窺えた。予想をしない反撃だったからだろう。

しかしすぐに刀身を前に出して、肘を突く動きになった。これは払われたが、動きを止めずに肩を狙った。気合は入っている。

ただ躱され続けて、焦りが出てきている様子だった。刀身の動きに粘りがない。次の攻撃をする前に、武藤の一撃が小手を狙ってきた。

高坂は、やむなくそれを払った。けれども武藤の動きは止まらない。近い距離から、切っ先が二の腕に迫っていた。

やっとのところで凌いだが、もう反撃はできなかった。このままいけば、すぐにも高坂は武藤に討たれる流れになっていた。

とそのときだ。武藤の刀が、高坂の肩に迫った。高坂は焦りからか、無駄な動きが目立つようになっていた。

「駄目だ」

と正紀が思った直後、武藤の肘に異変が起こった。腕が突然ぐらついた。小石が投げられたのだと、正紀には分かった。

「とうっ」

高坂は、その隙を逃さなかった。前に出ながら、刀身を斜めに振り下ろした。

「うわっ」

武藤が声を漏らした。二の腕をざっくり裁《た》ち割られていたからだ。鮮血が散ったが、
高坂の刀はそれでは止まらない。ぐらついた武藤の体に、止めの一撃を加えた。

胸から腹にかけて、袈裟《けさ》に刀身を振るっていた。

肉と骨を裁つ音が聞こえた。もう武藤は、声を上げることもできずに前のめりに倒れた。

「勝負あり。高坂市之助は、兄の仇武藤兵右衛門を討ち取ったぞ」

正紀は叫んだ。そして斃《たお》れた武藤の着物を剝《は》いだ。

「おおっ」

野次馬たちから声が上がった。肩から背にかけて疱瘡の瘢痕が見られたからだ。

「見事であった」

正森が、呆然として骸《むくろ》を見つめる高坂に声をかけた。返り血を浴びた高坂は、すぐには返事ができなかった。

「武藤兵右衛門の亡骸《なきがら》は、高岡藩が預かる」

正紀が告げると、植村がかねて用意をしてきた戸板を運んできた。源之助と二人で、

骸をそれに乗せた。舟で運ぶ手筈だった。

後は山野辺に任せる。

正紀は、正森に近づいた。

「見事な石礫《いしつぶて》でございましたな」

石を投げたのが正森だと、正紀は分かっていた。一瞬のことだったから、ほとんどの野次馬は気づかなかったはずだ。口にした者はいない。

「さあ、知らぬ」

とぼけたが、向けてきた目には親しみがあってどきりとした。共に仇討ち成就に力を尽くしたという気持ちがあるからか。正紀はそれで、正森との間にあった垣根が取り払われたように感じた。

「では、わしは行くぞ」

後は何も言わず、正森はこの場から引き上げて行った。

その夜、正紀は京に、仇討ちの場について一部始終を話した。高坂が本懐を遂げたことはすでに知らせていたが、京は詳細を興味深そうに聞いた。

「三十年は惜しゅうございますが、無駄にならず何よりでございました」

高坂市之助が、藩に帰参できることを喜んだ。そして正森の別れ際の様子について触れた。

「大殿さまは、正紀さまにお心を許したのではないでしょうか」

「うむ。そうかもしれぬな」

「尾張に対してではないと存じますが」

「もちろん、それでよい」

正紀は、まんざらではない気持ちだった。

六

旗本北澤大膳が目付屋敷に勾留《こうりゅう》された四日後、正紀は兄睦群から呼び出されて、赤坂の今尾藩上屋敷に出向いた。仇討ち及び北澤の琴絵誘拐の件については、宗睦と睦群にはその日のうちに伝えていた。

「北澤への処分が明らかになったぞ」

睦群が言った。尾張徳川家が内密に得た内容だ。

「当然のごとく北澤は、衣山が勝手にしたことだと言い張ったらしい」

「まあ、そうでございましょう」

「しかし網元乙三郎が受け取った北澤からの書状があった。署名もあったからな、言い逃れができなかった」

独楽次郎らの証言内容も、北町奉行所から文書になって添えられていた。事件の概要については、その日のうちに定信ら幕閣にも伝えられた。

「けしからぬ」

定信は激怒したとか。

御小普請支配のときの処罰もあったから、北澤の罪は重くなった。北澤は切腹で、御家は断絶となる。それについては、縁者の大名家からも苦情は出なかったとか。

「幕臣の娘を攫ったとなれば、どうにもなるまい」

いい気味だという顔で、睦群は言った。

「これで片がついた。老中首座は人の心は分からぬが、あからさまな不正は許さぬ」

「まさしく」

「それでよかろう」

正紀も睦群も、定信とは政に対する考え方は違うが、一から十までけしからぬと思っているわけではなかった。

「となると借金は」

「北澤家が持つ借用証文は、ご公儀のものとなる」

「そうでございましょうね」

「老中首座は、利息をなしにして借りた者から返させるようだ」

「借金はなしには、しないのですか」

「公儀も、金子は欲しいのであろう」

それでも北澤から借りていた幕臣たちは助かるはずだ。

「まあ、高岡藩には関わらぬ話だが」

「いやいや」

正紀は、仇を討った高坂市之助が正式に藩に戻ることが決まったことを伝えた。明日にも江戸を発って国許へ向かう。

「殿もお喜びです」

「藩の者には、それでよい。その方が力を尽くしたことは、伝わるであろう」

正紀に打算はなかったが、結果としては睦群の言うようになると思った。

越路屋は主人が命を失い、番頭の独楽次郎は捕らえられた。町人が、直参の娘を攫うという大罪である。俣蔵と共に死罪になる模様だと、昨日正紀を訪ねてきた山野辺は言っていた。

見世は闕所《けっしょ》になる。越路屋の女郎たちは、解き放たれる。

「本物の越路屋総左衛門は、どうしたのでしょうか」

武藤が死んでしまっては、聞き出しようがなかった。

「それだが、目付ではその件について北澤に質したとか」

北澤も総左衛門が根っからの商人ではなさそうだと、疑ったことがあったとか。付き合う間に、剣術の腕を振るう場面があった。その刀の扱いを目にして、商人のものではないと察したのである。

「それで尋ねたそうだ」

「何と答えたのでしょうか」

「自分の体には、剣術遣いが乗り移った。元の商人は、それで消えたと話したとか」

「なるほど」

「それで殺して、なり代わったのだと察したそうな」

「まあ、そんなところでしょうね」

正紀は得心した。

屋敷に帰った正紀は、京に睦群から聞いた話を伝えた。

「商人を殺して、それになり代わる。まことに悪党でございますね」

聞き終えた京は、忌々し気に言った。

「まったくだ」

「ですがそれだけ、仇討ちに狙われていることが、頭にあったわけですね」

頭のどこかで、常に命を狙われているという怖れを感じていたことになる。枕を高くして寝ていたわけではなさそうだ。

高坂にも辛い三十年だったが、逃げた武藤にとっても安穏とした歳月ではなかったのではないかと、正紀は気づいた。

武藤は高坂の名乗りを受けて、さして間を置かず思い出した気配だった。

「仇討ちとは、追う者にも追われる者にも、惨《むご》いものでございます」

「まったくだ」

さらに五日後、正紀は源之助と植村を伴って、浜町河岸に近い馬橋屋敷へ足を向けた。

琴絵と千寿の姉妹は、屋敷で平穏に暮らしているようだ。琴絵は攫われただけで無傷、千寿の借用証文は破られて竪川の水面に消えていた。

二人を拘束するものはなかった。

ただ他からの借金は残っていた。

「その分は、松岸屋が無利子で貸すとしよう」

正森は、そう言い残して江戸を発っていた。ただし返済は確実にさせる。できない場合は、御家人株を代償として出す。そういう証文を書かせた。

正森も、ただの善人ではない。

昨日、正兵衛と松之丞が高岡藩上屋敷に正紀を訪ねてきた。

「拙者は、家督を松之丞に譲り、隠居をいたすことになりました」

「それでどうなさるご所存か」

「拙者は琴絵と千寿を伴って、箱根へ参ります」

「ほう」

「二人に養生をさせまする」

金はないが、何をしても働き、費えにすると言った。

「病を治すことが、拙者の使命と考えており申す」

「治れば、新たな生きる道も拓《ひら》けるであろうな」

「そうありたいと存じます」

「しかし正兵衛殿一人で、大丈夫でござるか」

そこは気になった。正兵衛も、すでに若くはない。

「いや、大志田参之助殿も一緒でござる」

「なるほど」

参之助は三男坊だ。久離は解かれたらしいが、小禄の実家にはいられない。正紀は前に、千寿の病を治し、共に生きる覚悟があると本人から聞いていた。

正紀らが馬橋屋敷へやって来たのは、正兵衛ら四人が江戸を発つからだった。そこには山野辺も姿を見せた。

「ありがとうございます」

参之助は、見送りを喜んだ。怪我は完治していないが、旅はできるらしかった。

「達者に過ごされよ」

金持ちの湯治ではない。たいへんなことはあるかもしれないが、それを覚悟で行くならば、幸せを摑めるかもしれない。

「これを持ってゆかれよ」

山野辺が懐紙に包んだ小判らしいものを差し出した。厚さからして、二両はありそうだった。

驚く参之助に、山野辺は言った。

「内緒だがな、これは越路屋の主人の持ち物で、仏壇の脇に置いてあったものを失敬して金に換えたのだ」

総左衛門が使っていた、見事な細工の施された銀煙管《ぎんぎせる》だという。山野辺は、初めから参之助の世話を焼いていた。

「すべてはご公儀の品となるところだった。ならばほんの一部、誰かの役に立っても支障はあるまい」

正紀が付け足すように言った。

「かたじけないことで」

琴絵や千寿も、正紀や山野辺に頭を下げた。

「では」

屋敷の前から、四人が去って行くのを松之丞と共に見送った。正兵衛らと再び会うことはないだろう。幸あれと正紀は願った。

本作品は書き下ろしです。

双葉文庫

ち-01-51

おれは一万石《いちまんごく》

花街《かがい》の仇討《あだう》ち

2022年3月13日　第1刷発行

【著者】

千野隆司《ちのたかし》

【発行者】

箕浦克史

【発行所】

株式会社双葉社

〒162-8540 東京都新宿区東五軒町3番28号

［電話］03-5261-4818(営業部)　03-5261-4833(編集部)

www.futabasha.co.jp（双葉社の書籍・コミックが買えます）

【印刷所】

大日本印刷株式会社

【製本所】

大日本印刷株式会社

【カバー印刷】

株式会社久栄社

【DTP】

株式会社ビーワークス

【フォーマット・デザイン】

日下潤一

ISBN978-4-575-67098-1 C0193

Printed in Japan

千野隆司　おれは一万石　長編時代小説〈書き下ろし〉

一俵でも石高が減れば旗本に格下げになる、ぎりぎり一万石の大名、下総高岡藩井上家に婿入りした十七歳の若者、竹腰正紀の奮闘記！

千野隆司　おれは一万石　塩の道　長編時代小説〈書き下ろし〉

米の不作で高岡藩の財政は困窮していた。年貢を上げようとする国家老に正紀は反対するものの、新たな財源は見つからない……。

千野隆司　おれは一万石　紫の夢　長編時代小説〈書き下ろし〉

藩井上正紀は突然の借金取り立てに困惑する。藩の財政をいかに切りつめてもこの危機は乗り越えられそうもなかった……。シリーズ第三弾！

千野隆司　おれは一万石　麦の滴《しずく》　長編時代小説〈書き下ろし〉

菩提寺改築のため、浜松藩井上家本家から、高岡、下妻両藩の井上家分家にそれぞれ二百両の分担金が課せられた。こりゃあ困った！

千野隆司　おれは一万石　無節《むせつ》の欅《けやき》　長編時代小説〈書き下ろし〉

理不尽な要求を斥けられた正棠側は、材木の運搬を邪魔立てするため、正紀たちに刺客を送り込んだ。筏の上で、刃と刃が火花を散らす！

千野隆司
おれは一万石
一揆の声
長編時代小説
〈書き下ろし〉
年貢の重さにたえかね、百姓一揆が相次いだ。高岡藩でも、日々の暮らしに苦しむ百姓たちがついに立ち上がった。苦慮する正紀は……。

千野隆司
おれは一万石
定信《さだのぶ》の触《ふれ》
長編時代小説
〈書き下ろし〉
老中・松平定信が江戸の米価引き下げのため米問屋へ廻米の触を出し、各藩に達成義務を課した。正紀は米を求めて江戸の町を奔走する。

千野隆司
おれは一万石
囲米《かこいまい》の罠《わな》
長編時代小説
〈書き下ろし〉
米価は高値をつけたまま動かない。苦労して運ばれた廻米が江戸市中に出回らないからだ。廻米はさらなる値上げを狙って隠匿されていた。

千野隆司
おれは一万石
贋作《がんさく》の謀《はかりごと》
長編時代小説
〈書き下ろし〉
藩主正国の奏者番就任祝いの掛軸は贋作。絵師を辿ると、高岡藩をも危うくする悪巧みが進んでいた。一万石を守るため、正紀は奮闘する！

千野隆司
おれは一万石
無人の稲田
長編時代小説
〈書き下ろし〉
世子問題で大藩の思惑に揺さぶられる府中藩。領内の行方郡三村では、再び一揆が起きようとしていた……。待望のシリーズ第十弾！

千野隆司
おれは一万石
繰綿《くりわた》の幻《まぼろし》
長編時代小説〈書き下ろし〉

高岡河岸に納屋を建てようと、勘定頭の井尻が無断で藩の公金を繰綿相場につぎ込み、賭けは裏目に出た！ そのとき世子の正紀は⁉

千野隆司
おれは一万石
慶事の魔
長編時代小説〈書き下ろし〉

正紀と京は子を授かり、山野辺には許嫁が決まった。おめでた続きの高岡藩だったが、続々と届く祝いの品のなかに「罠」が隠されていた。

千野隆司
おれは一万石
訣別の旗幟《はた》
長編時代小説〈書き下ろし〉

定信政権との訣別を決めた尾張徳川家一門は正国の奏者番辞任で意を示そうとしたが、そうはさせじと定信に近い一派が悪巧みを巡らす。

千野隆司
おれは一万石
商武《しょうぶ》の絆
長編時代小説〈書き下ろし〉

棄捐の令で大損害を被った札差をはじめ、商人が武士に対する貸し渋りをはじめた！ 納屋普請で物入りの高岡藩は困窮する！

千野隆司
おれは一万石
大奥の縁
長編時代小説〈書き下ろし〉

尾張藩の徳川宗睦と大奥御年寄・滝川が、反定信の旗印のもと急接近していた。宗睦は滝川の拝領町屋敷の再生を正紀に命じたのだが……。

千野隆司
おれは一万石
出女の影
長編時代小説〈書き下ろし〉
正国の奏者番辞任により、久方ぶりの参勤交代を行うことになった高岡藩。金策に苦しむ正紀に、大奥御年寄の滝川が危険な依頼を申し出る。

千野隆司
おれは一万石
金《きん》の鰯《いわし》
長編時代小説〈書き下ろし〉
八月の正国の参府の費用捻出に頭を抱える正紀たち。そんな折、銚子沖の鰯が不漁だとの噂を耳にし〆粕の相場に活路を見出そうとするが。

千野隆司
おれは一万石
大殿《おおとの》の顔
長編時代小説〈書き下ろし〉
銚子の〆粕を巡る騒動は、高岡藩先代藩主の正森と正紀たちの活躍により無事落着。だが波崎屋と納場の一味が、復讐の魔の手を伸ばし……。

千野隆司
おれは一万石
尚武《しょうぶ》の志《こころざし》
長編時代小説〈書き下ろし〉
野分により壊滅的な被害を受けた人足寄場。再建に力を貸すことになった正紀は、資金を捻出すべく、剣術大会の開催を画策するのだが。

千野隆司
湯屋のお助け人
菖蒲の若侍
長編時代小説
旗本家の次男である大曽根三樹之助は思いがけず「夢の湯」に居候することに。三樹之助の活躍と成長を描く大人気時代小説、新装版第一弾。

千野隆司　湯屋のお助け人　桃湯の産声　長編時代小説

湯屋の主人で岡っ引きの源兵衛が四年前に捕らえた罪人が島抜けした。三樹之助は悪人の牙から罪なき人々を守れるか!? 新装版第二弾！

千野隆司　湯屋のお助け人　覚悟の算盤　長編時代小説

「夢の湯」に瀬古と名乗る浪人が居候として加わった。どうやら訳ありのようで、力になりたいと思う三樹之助だが……。新装版第三弾！

佐々木裕一　浪人若さま 新見左近 決定版【一】　闇の剣　長編時代小説

浪人姿で町へ出て許せぬ悪を成敗す。この男の正体はのちの名将軍徳川家宣。剣戟、恋、人情、そして勧善懲悪。傑作王道シリーズ決定版！

佐々木裕一　浪人若さま 新見左近 決定版【二】　雷神《らいじん》斬《ぎ》り　長編時代小説

仇討ちの旅に出た弟子を捜しに江戸に来たという剣術道場のあるじと知り合った左近。事情を聞き、本懐を遂げさせるべく動くのだが──。

佐々木裕一　浪人若さま 新見左近 決定版【三】　おてんば姫の恋　長編時代小説

左近暗殺をくわだてる黒幕の正体がついに明らかに!? そして左近を討ち果たすべく、最強の敵が姿を現す！ 傑作シリーズ決定版第三弾!!

坂岡真
はぐれ又兵衛例繰控《れいくりびかえ》【一】
駆込み女
長編時代小説
〈書き下ろし〉
南町の内勤与力、天下無双の影裁き！「はぐれ」と呼ばれる例繰方与力が頼れる相棒と悪党退治に乗りだす。令和最強の新シリーズ開幕！

坂岡真
はぐれ又兵衛例繰控《れいくりびかえ》【二】
鯖断《さばだ》ち
長編時代小説
〈書き下ろし〉
長元坊に老婆殺しの疑いが掛かった。南町の協力を得られぬなか、窮地の友を救うべく奔走する又兵衛のまえに、大きな壁が立ちはだかる。

坂岡真
はぐれ又兵衛例繰控《れいくりびかえ》【三】
目白鮫《めじろざめ》
長編時代小説
〈書き下ろし〉
前夫との再会を機に姿を消した妻静香。捕縛した盗賊の疑惑の牢破り。すべての因縁に決着をつけるべく、又兵衛が決死の闘いに挑む。

坂岡真
はぐれ又兵衛例繰控《れいくりびかえ》【四】
密命にあらず
長編時代小説
〈書き下ろし〉
非業の死を遂げた父の事件の陰には思わぬ事実が隠されていた。父から受け継いだ宝刀和泉守兼定と矜持を携え、又兵衛が死地におもむく！

金子成人
ごんげん長屋つれづれ帖【四】
迎《むか》え提灯《ちょうちん》
長編時代小説
〈書き下ろし〉
お勝の下の娘お妙は、旗本の姫様だった!? 我が子に持ち上がった思いもよらぬ話に、お勝の心はかき乱されて――。人気シリーズ第四弾!!